生死を分ける転車台

天竜浜名湖鉄道の殺意

西 村 京 太 郎

徳 間 書 店

目次

第一章　コンテスト

1

　毎年四月十日から二日間の予定で、幕張(まくはり)メッセで、ジオラマのコンテストが、行なわれる。主催しているのは、「ジオラマワールド」という月刊誌を出している出版社、ジオラマワールド社である。コンテストは、今年でちょうど、十回目になる。

　ジオラマといっても、さまざまな世界があって、中でも、鉄道のジオラマが、最大のファンを持っているが、そのほか、車とか、船とか、あるいは、飛行機のジオラマで応募してくる者もいる。

四月に入ると、毎日のように、応募作品が、ジオラマワールド社に、送られてくる。

ジオラマワールド社の社長で、このコンテストの、事務局長でもある小笠原伸行、六十歳は、毎日送られてくるジオラマを見るのが、楽しみだった。

それが、四月の八日にもなると、小笠原の表情が、少しずつ、いら立ってきた。

ここ二年間続けて、このコンテストで、優勝した中島英一が、今年の応募作品を、いまだに、送ってきていないからである。

これまでの九回のコンテストで、二回続けて優勝した応募者は、ほかにもいるが、三回続けての優勝は、まだ、一人もいない。もし、今回、中島英一が、三年続けての、優勝者になったら、小笠原は、大々的に取り上げるつもりでいた。

そうなれば間違いなく、ジオラマコンテストそのものが、話題になるし、次からは、応募者を、世界に広げてもいいと、思っていたのである。

今年、中島英一が、どんな、ジオラマを送ってくるのか、それを、楽しみにしていたのだが、締め切りが、翌日に迫ったというのに、中島英一からの応募作品が、届かないのである。

小笠原は、社員で、事務局員の望月江美を、社長室に呼んで、

「今日、帰りに、中島英一さんのところに寄って、応募作品が、どこまでできているのか、きいてみてくれ」

「中島さん、まだ、作品を送ってきていないんですか？」

「そうなんだ。締め切りまであと、一日しかないからね。ちょっと、心配になってきている」

「連絡の電話は、かけられたんですか？」

「もちろん、催促したいとは、思うのだが、もし、中島さんが、夢中になって、応募作の仕上げにかかっているところだったら、作業の邪魔をすることに、なってしまうから、悪いと思ってね。それで、催促するのを、我慢しているんだよ」

「わかりました。今日、帰りに、中島英一さんのマンションに、寄ってみます」

望月江美が、うなずいた。

中島は、大田区久が原×丁目にある、十二階建ての、マンションの最上階に住んでいた。

江美は一度だけ、そのマンションに、行ったことがあった。

十二階の部屋の窓からは、東海道新幹線が見える。

「いいでしょう？　だから、この部屋に、決めたんですよ」

そういって、中島が、笑ったのを、江美は、覚えている。

江美は、会社が終わると、久が原に向かった。

問題のマンションは「レジデンス久が原」といい、中島英一の部屋は、十二階の一二〇五号室である。

江美は、一階の、管理人室を覗き、管理人夫婦に、

「十二階の中島英一さんに、会いに来たんですけど、お部屋に、いらっしゃいますかね？」

「さあ、どうですかね。ここ何日か、お顔を、見てませんが、あの人は、いわゆるオタクで、いつも一人で、コツコツと、鉄道の模型を、作ったりしているから、部屋に籠って模型作りに熱中しているのかもしれませんよ」

管理人が、いった。

江美は、エレベーターで、十二階まで上がり、一二〇五号室のインターフォンを鳴らした。

二、三回鳴らしてみたが、中から応答はない。
電気メーターを見ると、ゆっくりとではあるが、動いていた。

江美は、携帯を取り出して、小笠原社長に、連絡を取った。

「今、中島さんの部屋の前に、来ているんですけど、インターフォンを、いくら鳴らしても、返事が、ないんです。留守かもしれませんが、どうしましょうか？」

「留守なのか？」

「そうだと、思いますけど、電気のメーターは、動いています」

「私としては、今回の応募作品が、どの程度まで、出来上がっているのか、それが、知りたいんだが、まさか、部屋に忍び込むわけにもいかないしなあ」

「そんなことをしたら、私が捕まってしまいますよ」

江美が、そういった時、管理人が、若い女性を連れて、廊下を歩いてきた。
二十五、六に見えるその女は、一二〇五号室の前で止まると、一緒に来た管理人に、
「このドア、開けてください」

江美が、何をするのかと思っていると、管理人は、いい訳でもするように、

「ああ、この人は、中島さんの、妹さんなんですよ」

と、断わりながら、何本もの鍵がついた束を取り出して、ドアを、開けた。

江美は慌てて、女に向かって、

「私は、中島英一さんが、毎年出品してくださっている、ジオラマコンテストの関係者なんです。二日後の、四月十日に、今年も、コンテストがあるのですが、締め切り前日の、今日になっても、中島さんからまだ、作品が届いていないので、作っていらっしゃるはずの、ジオラマが、どの程度出来ているのか心配で、見に来たのです。できれば、私にも、中島さんの部屋の中を見させてくださいませんか？」

「ええ、構いませんよ」

女は、あっさりと、いってくれた。

江美は、ホッとして、彼女に続いて、２ＬＤＫの部屋に、入っていった。

やはり中島英一は留守で、部屋の中は、ひっそりと、静まり返っていた。

部屋の主の、中島英一は、今年三十四歳。独身のはずである。

部屋の棚には、中島自身が作ったと思われる。模型の電車やＳＬなどが、ズラリと、並べてあった。

江美が注目したのは、リビングルームのテーブルの上に載っていた、一メートル四方くらいのジオラマだった。

そのジオラマの前には、

「コンテスト応募作品なので、触らないでください」

と書いた紙が、張ってあった。

（中島さんは、今年も、ちゃんと応募するつもりなんだ）

江美は内心、ホッとした。

江美は、携帯の、カメラを使って、そのジオラマを、何枚も、写真に撮った。

（この写真を見せれば、社長も安心するだろう）

中島の妹だという女は、机の引き出しを開けたり、カレンダーの書き込みに目をやったりして、何やら調べていたが、急に、江美に向かって、

「私は、中島英一の妹で、中島あかねといいます」

と、挨拶した。

慌てて、江美は名刺を取り出して、相手に渡した。

「あかねさんも、お兄さんが、今、どこにいるか、わからないんですか？」

「ええ。ここ三日ほど、毎日、兄に、電話をしているんですけど、電話が、つながらないので、心配になって、様子を見に来たんです」

「大丈夫ですよ。テーブルの上に置いてある、このジオラマですけど、ウチが主催している、ジオラマコンテストの応募作品だと思います。きっと、中島さんは、作品がやっと、完成したので、箱根とか熱海とか、東京の近くの温泉にでも、行って、疲れを癒しているんじゃないかと、思いますわ」

相手を、安心させるように、江美が、いった。

江美は、一足先に失礼してマンションを出ると、もう一度、社長の小笠原に、電話をかけた。

「今、中島さんの部屋の中を、見てきましたよ」

「中島さんは、帰ってきたのか？」

「いいえ」

「帰ってきていないのか？　それなのに、どうして、中島さんの部屋に入れたんだ？　まさか、君、変なマネをしたんじゃないだろうね？」

「変なマネなんて、するはずが、ないじゃありませんか。何もしていませんよ。留守のようなので、どうしようかと、部屋の前で、迷っていたら、たまたま、中島さんの、妹さんが見えたんですよ。妹さんは、お兄さんに三日ほど、ずっと連絡をしているのに、電話がつながらないので、心配になって、様子を、見に来たんだそうですよ。それで一緒に部屋の中を、見させてもらいました」

「それで、肝心の、中島さんの応募作品は、あったのか？」

「ええ、ありました。ちゃんと出来ていましたよ」

「本当か？」

「ええ」

「それで、どんなジオラマなんだ？」

「今は、少なくなってしまいましたけど、鉄道の、ターンテーブルというのがあるじゃないですか？　日本語では、たしか、転車台というんですよね？」

「ああ、そうだ」

「その転車台を、モチーフにしたジオラマでした。大きな車庫があって、そこにSLやディーゼル機関車が待機しています。その車庫を出ると、転車台に載って、空いているレールを、選んで出発していくんです。昨年までと、同じように、フィギュアも、配してます」

「出来栄えは、どうだった？」

「さすがに、二年連続優勝の中島さんらしい、なかなかいい、ジオラマでしたよ。写真を何枚か撮ったので、明日、出社したら、お見せします。とにかく、出来上がっているので、私も、ちょっと、安心しました」

江美は、自然に、笑顔になっていた。

2

翌九日、望月江美は、出社するとすぐ社長室で、携帯で撮った中島英一のジオラマの写真を、パソコンの画面に映して見せた。

どこかの、地方鉄道の終着駅という感じである。転車台に、載っているのは、

Ｃ11と呼ばれるＳＬである。

転車台の、小さな運転台には、作業服姿の男がいて、これから、転車台をまわそうとしているのだろうか、ＳＬのほうに、じっと、目をやっている。

車庫には、黒光りするＳＬとともに、ディーゼル機関車も入っている。全部で、五両である。

作品のタイトルは「転車台のある風景」となっている。

ジオラマを作る人の中には、本物の列車や駅をモデルにして、例えば、江ノ島電鉄のどこどこ駅付近と、いった、本物そっくりの、ジオラマを作る人がいる。

その逆に、まったく架空の駅や、鉄橋などをジオラマに仕上げて、勝手に、自分の名前や、自分が住んでいる町の名前を、取って、○○電鉄と名づけて、楽しんでいる人もいる。

中島英一の場合は、どこかの駅の、転車台を、モデルにして、「転車台のある風景」と、命名したのだろう。

「中島さんの作品だけに、なかなかよく出来ているが、これまでの、二つの優勝作品に比べると、今度は、ずいぶん、地味な感じがするな。もう少し、華やかなものに、してくれれば、よかったのにな」

小笠原社長が、いった。

その口調には、少しだが、不満が感じられた。

小笠原社長がいうように、去年と一昨年のコンテストに、中島が、応募してきたジオラマは、鉄道ファンの間で、いちばん人気があるといわれる寝台特急「カシオペア」が走っている情景だとか、まもなく、完全運転が行なわれる九州新幹線の車両を、モチーフにしたジオラマだった。

それに比べると、今回は、やたらに、地味な作品である。

それでも、二回優勝の、中島英一の作品が、会場に、展示されているのと、いないのとでは、客の入りも、違ってくる。

「何とか、この作品を、今日じゅうに、幕張メッセの会場に、運びたいね」

小笠原がいった。

昨日のうちに、中島英一が、マンションに帰ってきてくれていれば、今から、行って、一緒に、この作品を幕張メッセまで運ぶことが、できる。

江美は、中島英一に、電話をかけてみた。

しかし、応答がない。

江美は、昨日会った、中島の妹、あかねに、きいてみることにした。あかねの電話番号は、彼女と、別れる時に教えてもらっていた。

相手が、電話に出たので、江美は、昨日の礼をいってから、

「中島さんの妹さん、あかねさんが、電話に出ています」

と、いって、社長に、電話を渡した。

「もしもし、私は、毎年、四月に行なうジオラマコンテストを、主催している出版社の社長ですが」

と、小笠原は、いってから、

「ぜひ、中島英一さんが作ったジオラマを、今日じゅうに、幕張メッセの会場に、運んでおきたいのです」

あかねが、OKをしてくれたので、小笠原は、江美と一緒に、ワンボックスの自分の車で、中島の自宅マンションに、行くことにした。

あかねと約束した時刻は、午前十一時だったが、小笠原の車は、それより早く、着いてしまった。

十分ほど、待っていると、中島あかねが、やって来た。

「本当は、中島さん本人の、承諾を得なくてはいけないのでしょうが、私としては、何としてでも、二回続けて、優勝した中島さんの作品を、一刻も早く会場に飾りたいんですよ。ＯＫしてくださって、お礼を申し上げます。ありがとうございました」

小笠原が、嬉しそうにいうと、あかねは、笑いながら、

「本当のことをいうと、私は、ああいうものには、まったく、興味がないのです。兄は、これぞ、男のロマンといってますけど」

十二階まで上がり、管理人にドアを開けてもらう。

ドアが開くと、小笠原は、真っ先に、部屋に入っていった。一刻も早く、実物の、ジオラマを見たかったからである。

しかし、小笠原は、あっけに取られたという顔で、

「おい、ジオラマがないぞ」

と、江美に、いった。

「そんなわけはありませんよ。昨日、リビングルームのテーブルの上に、置いて

あったんですから」

江美は、リビングルームに入っていった。

途端に、江美は、

「アッ」

という声を、出していた。

昨日は、間違いなく、テーブルの上に置かれていたのである。そのジオラマが、消えてなくなっていた。

「触らないでください」

と、書いてあった紙も、なくなっている。

「間違いなく、ここに、あったんですよ。そうですよね？」

江美は、助けを求めるように、中島あかねの顔を見た。

「ええ、一メートル四方ぐらいの大きさのジオラマが、ちゃんとそこにありましたよ」

あかねも、うなずく。

「じゃあ、どうして、なくなっているんだ？」

小笠原社長の声は、自然に、大きくなっていた。

「私は、兄のジオラマを、どこにも、持っていったりはしていませんよ。今も、いいましたけど、ああいうものには、まったく、興味がありませんからね」

と、あかねが、いった。

「昨日、あなたが、このマンションを、出たのは、何時頃ですか？」

小笠原が、あかねに、きいた。

「たしか、午後の八時頃だったと、思います。部屋を調べて、兄の行き先を、知ろうと思ったんですけど、いくら探しても、手掛かりになりそうなものが、何も見つからなかったので、ガッカリして、帰ったんです」

「それなら、もしかすると、中島さん本人が、昨日夜遅くか、今朝早く、戻ってきたのかもしれない」

江美が、いう。

「それじゃあ、中島さんが、戻ってきたとして、肝心のジオラマは、どうなったんだ？」

「ですから、中島さんが、帰ってきて、あのジオラマを、幕張メッセのコンテスト会場に、自分の車で運んでいったんじゃないでしょうか？」

「そうだとしたら、ジオラマは、すでに、幕張メッセの会場に、届いていることになるわけだな」

小笠原は、独り言のように、いってから、幕張メッセの、コンテスト会場にいる社員に、携帯を、かけた。

「そちらに、中島英一さんのジオラマは、届いていないか？　地方鉄道のターンテーブル、転車台を、モチーフにしたジオラマなんだよ。もう、そっちに、届いているはずなんだ」

「今、見ていますが、こちらに、届いたのは、いつ頃ですか？」

「はっきりとは、わからないが、昨夜遅くか、今朝早くだ」

「社長。調べて、すぐ、ご連絡します」
二、三分すると、連絡が、あった。
「今、調べましたが、中島英一さんのジオラマは、どこにも、見当たりません」

「そんなはずはない！　もう一度、よく、調べてみろ！」

小笠原が、怒鳴った。

今度は、五、六分の間を置いた後、

「社長、いくら、調べても、中島英一さんのジオラマは、見つかりません。こちらには、まだ、届いていないのだと思います」

「地方鉄道の、転車台、ターンテーブルを中心としたジオラマだよ。転車台の上には、SLが、載っているんだ」

「それはわかりましたが、そういうジオラマは、まったく、見当たりません」

社員が、いった。

電話を切ると、小笠原は、今度は、江美に向かって、

「幕張メッセの会場には、中島さんのジオラマは、まだ、届いていない。どこにも、見当たらないといっているぞ。いったい、どうなっているんだ?」

まるで、問題のジオラマが、なくなった責任が、江美に、あるかのような口調で、いった。

江美は、小笠原のいい方に、さすがに、一瞬ムッとしながらも、

「それでは、中島さんは、自分で、作ったものの、出来ぐあいが気に入らなくて、どこかに、持っていってしまったのでは、ないでしょうか? 近くに手直しがで

きる工作室を持っていて、そこに運んで、直しているんじゃないかと思いますけど」

「直している？　しかし、もう、そんな時間はないぞ」

「社長だって、おっしゃっていたじゃありませんか？　今回のジオラマは、中島さんの作品にしては、地味な感じだから、できれば、もう少し、華やかなものにしてほしいって。きっと中島さんも、同じような不満を持っていて、手直しをしているか、新しいジオラマを、作っているかの、どちらかだと思いますけど」

3

四月十日午前十時から、ジオラマワールド社の主催による「第十回ジオラマコンテスト」が、幕張メッセで、始まった。

結局、「転車台のある風景」というタイトルがつけられた中島英一の作品は、届かなかった。

小笠原社長は、幕張の会場に行っていたが、江美のほうは、社長命令で、中島英一の自宅マンションに張りついていた。

中島英一が、現われたら、手直ししたジオラマでもいいし、新たに作ったジオラマでもいいから、すぐ、それを持って、一刻も早く、幕張メッセに来いと、命令されていたのである。

だが、一向に、中島英一は、姿を現わさなかった。

張りついて、すぐの、八時半頃、急に、江美の、携帯が鳴った。

幕張にいる小笠原社長が、また、催促してきたのかと思い、一瞬、面倒くさいなとも思ったが、電話に、出てみると、相手は、女の声だった。

「あかねです」

と、相手は、いい、

「今すぐ、丸子多摩川に、来ていただけません？　東急線の、多摩川駅で降りて、すぐのところにある、河原なんですけど」

と、いう。

江美には、その声が、ひどく、沈んでいるように聞こえた。

「何かあったんですか？」

「兄が死んだんです」

とだけ、いって、電話が、切れてしまった。

あかねは、今、はっきりと「兄が死んだんです」と、いったのである。

しかし、いきなり、いわれたので、江美には、中島英一が、死んだということに、まったく、実感が湧いてこないのだ。

だから、小笠原社長に、すぐ、電話をすることも憚(はばか)られて、とにかく、丸子多摩川に、行ってみることにした。

タクシーを拾い、東急線の多摩川駅前に行ってほしいと、運転手に、いった。

江美には、中島英一が死んだという、あかねの言葉が、依然として、実感として響いてこないのである。

多摩川駅でタクシーを降り、江美は、そこから、多摩川の河原に向かって、歩いていった。

土手の上には、パトカーが二台、それに、鑑識と書かれた車一台が、停まっていた。

土手の下の河原を見ると、人垣が、出来ている。

江美は、その人垣に向かって、土手を下りていった。近寄って、丸い人垣の中を覗くと、生い茂った、雑草の上に、男が、うつ伏せに倒れているのが見えた。刑事と思われる男たちが、その上にかがみ込んで何かを調べたり、鑑識の腕章を巻いた男たちが、写真を、撮ったりしている。

江美は、人垣の中に、憔悴した様子の、小島あかねの姿を見つけて、近寄っていった。江美が声をかけると、あかねは、急に涙目になって、

「兄が死んだんです」

と、つぶやいた。

「知らせが、あったんですか？」

「今朝早く、警察のほうから電話があったんです。丸子多摩川の河原で、死んでいる男性が発見されたが、ポケットに、中島英一名義の運転免許証が入っていた。それで、妹であるあなたに、電話をした。すぐに、確認をしにこちらに来てほしい。そういわれたので、慌てて飛んできたんです。本当に兄でした」

その時、中年の刑事が、二人に、近づいてきて、

「お兄さんが、誰かに、恨まれているというようなことは、ありませんでした

か？」

「いいえ、そんな話は、聞いたことがありませんけど」

あかねが、答える。

その後、刑事は、横にいる江美に、目を移して、

「あなたは？」

「こちらの、妹さんの知り合いです」

「中島英一さんとは、どういう、ご関係ですか？」

「中島さんは、鉄道の、ジオラマを作っていて、その方面では、とても、有名な人なんです。私は、『ジオラマワールド』という月刊誌を出している出版社に、勤めていて、今日から始まるジオラマコンテストも、ウチの会社が主催しているんです。中島さんは、それに作品を出品してくださることになっていたんです。それが届いていないので、心配していたんです」

刑事は、江美に、亀井という名前の入った警察手帳を、見せてから、

「ちょっと、こちらに来ていただけませんか？」

「身元の確認でしたら、もう、妹さんがやっているんじゃありませんか？」

「ええ、それは、もう済んでいます。それとは別に、あなたに、見ていただきたいものがあるんですよ」

亀井刑事は、江美を、人垣の外に連れ出すと、五メートルほど離れた場所に、案内した。そこには、何かを燃やした跡があった。

それを見て、江美が、思わず、

「アッ」

と、小さな声を、あげたのは、燃え残った中に、プラスティック製の、NゲージのSLやレールの破片が、あったからである。さらに、よく見ると、円形のターンテーブル、転車台も半分ほど燃え残っていた。

そうした燃えかすで、江美には、はっきりとわかった。

燃やされたのは、間違いなく、江美が、中島英一の、マンションで見た、あの、ジオラマなのだ。

「これは、あなたがいっているジオラマの燃え残りだと思うのですが、どうですか?」

「ええ、間違いなく、さっき私が、お話ししたジオラマです。燃え残った中に、

ＮゲージのＳＬや線路、転車台と、わかるものがありましたから」

「転車台？　転車台って、いったい、何ですか？」

「今は、ほとんど、使われていませんけど、車両を方向転換するのに、使うのが、転車台なんです。それに車両を載せて、グルッと、まわして、目的のレールに載せる、あの、ターンテーブルです」

「ああ、わかりました。私は、東北の生まれなのですが、私の田舎で、見たことがありますよ」

と、亀井は、うなずいた。

その後、江美は、この捜査を、指揮することになった十津川という警部のところに、連れていかれた。

江美は、十津川に、名前と住所を、きかれた後、もう一度、中島英一の作ったＮゲージのジオラマについて、きかれ、証言をさせられた。

「問題は、焼けたジオラマが、殺された、中島英一さんの、作ったものかどうか、それがわかるといいのですが、望月さんには、わかりますか？」

十津川が、きく。

「ええ、間違いなく、中島英一さんの、作品ですよ」

「どうして、中島さんの作品であると、いい切れるんですか?」

「私は、ジオラマワールド社という出版社に勤めている人間なんですけど、四月十日の今日から、二日間、幕張メッセで、ウチの主催で、ジオラマのコンテストをやっているんです。今回で十回目になります。そのコンテストに、中島さんは毎年、素晴らしい作品を作って、参加されていて、一昨年、去年と二年連続で、優勝しています。今度、三連覇を、目指して応募しようとされていたのが、地方鉄道の転車台、ターンテーブルを、中心に据えた、あの、ジオラマなんですよ。二日前に、中島さんの住んでいる、久が原のマンションに行って、その、ジオラマを見ましたから、間違いありませんわ」

「念を押しますが、あの燃えてしまったジオラマは、被害者の、中島英一さんが、今年のコンテストに、応募するために、作ったジオラマなんですね?」

「ええ、そうです」

「それなら、どうして、この河原で、燃やされてしまったんでしょうかね?」

「中島さん本人が燃やしたとすると、今年の作品が、一昨年、去年と、優勝した時の作品に比べて、少し、地味すぎることが、気に入らなくて、この河原に持ってきて、燃やしてしまったのではないでしょうか？　中島さんという人は、マニアックで、その上、ちょっと、職人気質のようなところが、ありましたから」

江美は、十津川が、うなずくのを見て、今度は、自分のほうから、質問することにした。

「中島英一さんは、ここで、死んでいたんですか？」

「今日の午前六時頃ですが、上の土手を、近くの老人が、犬を連れて、散歩していたんですよ。老人が、河原で、何かが燃えているのを見つけて、消そうとして、河原に下りていったら、近くに、男の人が死んでいるのを発見した。それで、慌てて一一〇番してきたのです」

「こんなにたくさんの、警察の方が来ているということは、中島さんは、殺されたんですか？」

「背中から、ナイフで、何カ所か刺されていました。出血の状況からして、刺されてから、それほど時間は経っていないようです。事故や自殺などではなく、殺人であることは、間違いありません」

「そうすると、ジオラマを、燃やしたのは、中島英一さんを殺した、犯人かもしれませんわね」

「その可能性もあります。ただ、問題は、動機ですが、あなたは、中島英一さんのことを、よく知っているんでしょう？」

「ウチの会社が主催する、コンテストに、中島英一さんは、二年続けて優勝していますから、少しは、中島さんのことを知ってはいますけど、それほど、親しいわけじゃありません。中島さんは、いわゆるオタクで、人とのつき合いは、あまりなくて、ひたすら鉄道模型を作っていましたから、個人的なつき合いは、ありませんでした」

江美は、用心深く、いった。

「念のために、もう一度おききしますが、中島さんは、今年も、出品するジオラマを作っていた。それが、あの燃えた、ジオラマだったんですね？」

「ええ、そうです」

「間違いありませんか？」

「中島さんの、マンションに行って、テーブルの上に置かれた、あのジオラマを見ましたし、『コンテスト応募作品なので、触らないでください』という張り紙がしてあったのです。ですから、間違いありませんわ」

「二回もコンテストで優勝しているとすると、この世界では、かなり有名な人なんですね？」

「ええ、鉄道ファンの間でも、鉄道模型ファンの間でも、中島さんは、有名な方ですが、ただ、一般の人の間では、名前を知らない人が、ほとんどだと思います」

「中島さんは、三十四歳ですが、結婚は、されていないみたいですね？」

「ええ、そのようですね」

「どうして、三十四歳まで、結婚しなかったんでしょうか？」

十津川にきかれて、江美は思わず、苦笑してしまった。中島英一とは、いわば、仕事上のつき合いをしているだけで、プライベートなつき合いを、しているわけではなかったからである。

「鉄道ファンとか、鉄道模型のファンとか、あるいは、コツコツと自分で、鉄道模型やジオラマを作っている人は、オタク的なところがありますから、女性とは、あまり、親しくなれないいんじゃありませんかしら？」

「若い女性の鉄道ファンや、模型マニアはいないんですか」

「鉄道ファンの女性は、増えていますけど、模型マニアは、どうでしょうか。若い女性は、〝リリーちゃん〟みたいなフィギュアにいってしまうんだと思います」

「なるほど」

十津川は、江美に礼をいってから、部下の刑事たちに、向かって、

「これから、久が原にある、被害者のマンションに行くぞ」

と、声をかけた。

江美は、中島あかねのそばに戻った。

江美が、これからどうするのかと、きくと、あかねは、

「とにかく、郷里の親戚（しんせき）に知らせます」

「ご親戚は、どちらに、住んでいらっしゃるんですか？」

「浜松（はままつ）に住んでいます」

あかねが、いう。

（そうか、中島英一の故郷（ふるさと）は、浜松だったのか）

あかねが、携帯を取り出して、浜松の親戚に、電話をかけるというので、江美は、土手まで、上がっていき、そこから、幕張メッセにいる、小笠原社長に、電話した。

江美が、電話で、中島英一が死んだ、それも、何者かに殺されたらしいと伝えると、一瞬、小笠原の声が、消えてしまった。

間を置いて、

「本当か？」

掠れた声で、小笠原が、きく。

「今、現場にいるんです。丸子多摩川の河原で、中島英一さんは、亡くなっていました。警察の説明では、背中を、ナイフで何カ所か、刺されているそうです」

「中島さんの作った、ジオラマは、どうなっている？　もし無事なら、特別に、会場に展示したい。何しろ、二年連続して優勝した人の、遺作といえる作品なんだからね」

「それが、ダメなんです」

「ダメって、どうして？」

「同じ多摩川の河原で、問題の、ジオラマが燃やされてしまっているんです。中島さん本人が、燃やしたのか、それとも、中島さんを殺した犯人が、火をつけたのかは、わかりませんけど、とにかく、ジオラマは、燃えて、しまったんです」

4

中島英一の死体は、司法解剖のために、大学病院に、運ばれることになり、妹のあかねは、その車に同乗していった。

土手に停まっていた二台のパトカーも、いつの間にか、姿を消してしまっている。

気がつくと、江美は、一人になっていた。

土手の上から、ぼんやりと、河原を見下ろした。問題のジオラマが、燃やされた辺り(あた)には、燃え残りが、あったが、捜査の参考になると思ったのか、警察は、あらかた集めて、持ち去ってしまった。

それでも、江美は、もう一度、河原に、下りていった。

丹念に調べると、ＳＬの車輪の辺りが燃え残って見つかった。焦げた、小さなＳＬの車輪が、二つである。

たしか、あのジオラマの中で、転車台の上には、Ｃ11型のＳＬが、載っていたはずである。たぶん、そのＳＬの、燃えかすだろう。

その燃え残りの車輪を、江美は、ハンドバッグにしまってから、歩き始めた。

5

十津川たちは、大田区久が原の、中島英一のマンションにいた。

十二階の２ＬＤＫの部屋である。

奥の寝室には、小さく囲った、工作室があって、小型の工作機械や絵の具の缶などが、ところ狭しと、置かれている。おそらく、ここで、被害者、中島英一は、毎日のように、鉄道模型を作っていたのだろう。

リビングルームの棚には、中島が作ったと思われるＳＬや電車の模型が、ズラリと並んでいた。Ｎゲージも、ＨＯゲージもある。

壁にかかった、カレンダーの四月のところには、十日と十一日の二日間が、赤い丸で囲まれていて、「幕張メッセ、コンテスト」と書き込まれていた。

部屋の中を捜索していた、西本（にしもと）刑事が、机の引き出しから、小さなメモ帳を見つけて、十津川に、渡した。

それには、模型ジャパンという団体のメンバーの名前が載っていた。全部で十五人の名前が記され、その中に、中島英一の名前も入っている。

この模型ジャパンの、代表者の名前は、岩本誠（いわもとまこと）になっていた。連絡先として、電話番号も書いてある。

十津川が、電話をすると、

「昨日、徹夜の仕事をやったので、岩本は、まだ、寝ておりますが」

岩本と思われる男の声が、とぼけたことをいう。

十津川は、苦笑しながら、

「こちらは、警視庁捜査一課の、十津川といいますが、岩本さんですか？」

と、いうと、相手は、急に、シャンとした声になった。

「そうです。岩本です」

「模型ジャパンの、メンバーの中島英一さんが、亡くなったことは、ご存じですか？」

「それ、本当ですか？　彼が死ぬなんて、信じられませんけどね。どうして、亡くなったのですか？　交通事故か、何かですか？」

「今朝早く、丸子多摩川の河原で、遺体となって発見されました。背中を数カ所刺されて、殺されていたんです。小島さんのことを、教えていただきたいのですが、どこかで会って、いただけませんか？」

「彼が殺されたのが、本当なら、もちろん、お会いします」

岩本誠の住所は、中野駅近くのマンションだった。十津川は亀井と、そのマンションで、岩本に会った。

五十歳だというが、この岩本も、中島英一と同じように、結婚していないと、いう。

岩本の部屋は、女性の気配が感じられなくて、その代わり、中島英一の部屋と同じように、棚には、鉄道模型が並び、部屋いっぱいに作られた、ジオラマがあった。

岩本は、十津川に向かって、

「彼が殺されるなんて、まったく、信じられませんよ。いいヤツで、敵なんていませんでしたから」

「あなたから見て、中島英一という人は、どんな人でしたか？」

「一言（ひとこと）でいえば、腕のいい職人といったところですかね」

「そうですか、腕のいい職人ですか」

「彼が作る鉄道模型は、誰もが誉（ほ）めるんですよ。特に、ＨＯや、ラージという、いわゆる大きな模型になると、本物、そっくりでしてね。ＨＯでも、彼が作ったものは、安くても五、六十万は、しますよ」

「こちらの調べた限りでは、中島英一さんは、どこの会社にも、勤めていなかったようで、それはつまり、自分の作った模型を売って、生活していたということですか？」

「今もいったように、彼の作った模型は精密で、美しくて、委託販売しても、すぐに、一両五十万、六十万という値段がついて、売れてしまうんですよ」

「幕張でやっているジオラマコンテストというのがあって、中島さんは、去年と一昨年、二年連続して、優勝したと聞いたんですが、本当ですか？」

「もちろん、本当ですよ。二年も続けて優勝すると、彼の作った鉄道模型の完成品の人気は、さらに高くなっていましたね。だから、模型作家だと、彼のことを、呼んでいるんです」

「それだけ、腕がいいとなると、同じ模型作りの人たちの間で、嫉妬されるようなことは、なかったですか？」

「僕たちは、模型ジャパンという、グループを作って、今まで、やってきたのですが、たしかに、グループの中では、中島英一が、並外れて、腕がよかった。しかし、だからといって、ほかの人間が、ヤキモチを焼くということは、なかったですよ。むしろ、憧れの的と、いったほうがいいでしょうね。それぞれ、みんな腕がよくて、完成品を作るだけで、十分、暮らしていけますからね」

「岩本さんは、ジオラマコンテストには、出品していないんですか？」

十津川が、きくと、岩本が、笑った。

「模型作りの職人には、作り上げたものが、満足できるものであれば、それでいいという人と、コンテストなんかに出品して優勝して、名前を上げることを目標としている人が、いるんですよ。僕なんかは、自分で、満足できる作品が出来れば、それでいいと、思うほうだから、コンテストには出品しません」

「そうすると、模型ジャパンのメンバーの中にも、中島さんと同じように、ジオラマコンテストに出品した人も、いるわけですね？」

十津川が、きくと、岩本は、また、笑った。

「刑事さんは、同じグループの、中島英一が優勝して、自分は落選したので、それに、ヤキモチを焼いて、中島英一を、殺したと、そう、いいたいわけですか？」

「いや、そんなふうに、断定はしていませんよ。ただ、模型作りの、職人の間でも、ヤキモチを焼くということが、まったくないとは、いえないのではないかと、そう考えただけです」

「それなら、ウチのメンバー以外の人間を、調べたほうがいいですよ。ウチのメンバーで、中島英一に、ヤキモチを焼く人間なんかは、いませんけど、ほかのマニアは、わかりませんからね」

「あなたのグループのほかにも、模型作家というのは、いるわけですか？」

十津川が、きくと、岩本は、本棚から一冊の雑誌を、取り出してきて、十津川の前に、置いた。

「模型」というタイトルの雑誌だった。

ページを繰っていくと、岩本のいうように、「キットから完成品へ、ご希望に応じた作品に、作り上げて、お届けします」とあり、そして、キットから完成品に作り上げるまでの値段と、時間が書いてあった。

そういう広告が、たくさん、並んでいた。

「今、模型のキットが、たくさん売られているのですが、忙しい人が多くて、自分では、キットを組み立てる時間が、ないので、それを、他人に、頼みたい人がたくさんいるんですよ。自然に、キットから、完成品に作り上げる人が、こんなに増えてきているんです。需要と供給ですね。この中には、たぶん、何人か、ジオラマコンテストに、応募している人が、いるのではないかと、思いますよ」

岩本が、いった。

6

　その頃、望月江美は、幕張メッセのコンテスト会場に、到着して、小笠原社長に、丸子多摩川の、現場の説明を、していた。

「中島英一さんを殺した犯人が、あの、ジオラマを燃やしてしまったのかも、しれませんし、中島さん自身が、自分の作ったジオラマの出来に、満足できなくて、自ら火をつけてしまったのかもしれません」

「とにかく、困ったよ」

　小笠原が、いった。

　会場の一隅、それも目立つ場所に、スペースが取ってあって、小笠原の考えでは、そこに中島英一の今年の応募作品を飾るつもりだったのである。

「去年、一昨年と連続優勝した、中島英一さんの作品は、たしか、ウチの会社に、しまってあったな？」

「はい。会社に置いてあります。それを、どうするんですか？」

「もちろん、空いたところに、二つの作品を、飾るんだよ」

「でも、作者の中島さんは、もう、亡くなっていますけど」

「だからこそ、宣伝効果が、あるんじゃないか。若くして死んだ、模型作りの神様、中島英一の連続優勝の作品。そんなふうに書いておけば、マスコミは、飛びついてくる。ファンもだ。亡くなっても、彼は、この世界では、有名人なんだよ。それを生かすんだ」

小笠原は、そういって、自分の会社に、携帯をかけ、会社に残っていた社員に、中島英一の買い取ってある二作品を、すぐこちらに、運んでこいと命令した。

「それから、中島英一の、大きな写真はなかったかな?」

今度は、江美に、きいた。

「どうするんですか?」

「もちろん、黒枠をつけて、飾るんだよ。そうすれば、間違いなく、今回の『第十回ジオラマコンテスト』には、たくさんの人が、集まってくるはずだ」

小笠原は、自信満々だった。

第二章　天竜二俣駅

1

十津川と亀井は、ジオラマコンテストの行なわれている、幕張メッセの会場にいた。

広い会場の中で、ひときわ、人が集まっているのは、亡くなった中島英一の、コーナーだった。

黒枠に入った、大きな中島英一の写真パネルが飾られ、その下に、去年と一昨年のそれぞれ、ジオラマコンテストで優勝した二つの作品が置かれてある。それは「寝台特急カシオペアのある風景」と「九州新幹線の開通記念アルバム」と題した作品である。

そして、今年出品するつもりだったと思われる、彼が題した「転車台のある風景」のジオラマもあったが、作品は、多摩川の河原で焼けてしまったので、そこにあるのは実物ではなく、写真だった。

その写真は、ジオラマワールド社の社員、望月江美が、中島英一のマンションで、たまたま、作品を見た時、中島の作品が締め切りまでに間に合うかを心配している、小笠原社長に見せて安心させようと思って、携帯で撮影したものである。それを、大きく引き伸ばしているので、少しばかりボケている。

十津川と亀井が、中島英一のコーナーで、その作品を見ていると、おそらく、中島英一ファンの来場者なのだろう、若いカップルが、望月江美の撮った写真を見ながら、小声で話し合っていた。

「中島さんの作品としては、あまりいいもんじゃないね。写真だから、細かいところまではわからないけど、明らかに、出来がよくないよ」

「そうね、去年と一昨年の作品と比べると、あまり、熱を入れて作っているようには、思えないわね」

「少し疲れていたんじゃないのかな？　そんな気がするね」

「多摩川で死んだと、聞いたんだけど、ひょっとすると、自殺じゃないのかしら？」

「どうして？」

「今年は、どうやっても、自分が納得できるようなジオラマが作れなかったのよ。三年連続の優勝という、大記録がかかっていたのに、こんなものしか、作れなかったので、自分自身に嫌気がさして自殺してしまったんじゃないかしら？」

若いカップルが、交わしていたのは、そんな会話だった。

もちろん、鉄道模型に詳しくない十津川には、ジオラマの良し悪しはわからない。それでも、二年連続で優勝したジオラマに比べると、たしかに今年の中島の作品は、いかにも小粒で迫力が乏しく、何となく気合が入っていないような感じが、十津川にも、伝わってくるのである。

何か、悩みとか、プレッシャーが、あったのだろうか。

しかし、写真のジオラマには、「コンテスト応募作品なので、触らないでください」という紙が、張ってあるのも見てとれる。

その注意書きを、見ていると、本人は失敗作とは、思っていなかったのではないか。とにかく、この作品を今年のコンテストに出品し、三年連続優勝を狙って一生懸命、このジオラマを作ったのだろうと思った。

この後、十津川と亀井は、場内のコーヒールームで、望月江美に、話を聞くことにした。

「さっき、中島英一さんのコーナーを見てきましたよ」

十津川は、江美に、いった。

「ほかのコーナーに、比べると、人だかりがしていて、賑わっていました。中島ファンというのは、たくさんいるんだと、よくわかりました」

亀井が、続けた。

「そうでしょう。中島さんは、ジオラマの世界というか、鉄道模型の世界では、何といっても、自他ともに認める、第一人者ですからね。人気もあって、彼のファンだという人は、とても多いんですよ」

と、江美は、うなずいてから、

「ところで、中島さんを殺した犯人については、目星がついたんですか？」

「残念ながら、まだ、目星はついていませんし、容疑者も、見つかっておりません。それで、あなたにおききしたいのですが」

十津川が、いうと、江美は、その言葉を遮って、

「でも、私には、中島さんを殺した犯人についての心当たりは、何もありませんけど」

「あなたに、おききしたいのは、そういうことではありません」

「それでは、どういうことをおききになりたいんですか？」

「中島英一さんのコーナーですが、そこで、熱心な中島ファンと思われる人が、こんなことをいっていました。今回の作品ですが、あなたが撮った、写真しかありません。それでも、出来がよくないことがわかる。少しばかり、疲れていたのではないか？　ひょっとすると、今回の作品の出来栄えに、満足できなくて、中島さんは、自殺してしまったのではないかとか、そんなことまでいっていたんですよ。あなたから見ても、今回の、中島さんの作品は、優勝した前の二つの作品と比べて、かなり、劣りますか？」

「私には、何とも、いえませんけど、前の二つの作品に、比べると、ずいぶん小

振りだなとは、思いましたよ。中島さんのマンションで初めて見た時は、小さく、まとまっているな、中島さんの、作品らしくないなと、正直いって感じましたけど、それでも、中島さんの作品ですから、小さいなりに、しっかり出来ていますよ」

「前の作品に比べると、小振りで、中島さんの作品らしくない。やはり、あなたでも、そう感じますか？」

「ええ、感じます」

「そうすると、中島さんのコーナーで話をしていたファンの言葉は、誰でもそう感じるのでしょうか？」

「そこまでは、わかりませんけど、以前の作品を見た人の中には、そう、感じる人も多いんじゃないかとは思います」

「でも、あなたが、中島さんのマンションに行って、初めて、作品を見た時、ジオラマには、コンテスト応募作品なので、触らないでくださいと書いてあったわけでしょう？　写真にも、その但し書きが、写っていますから」

「ええ、あれを見て、安心したんです。締め切り間近になっても、中島さんの作品が、なかなか届かないので、今年は、出品を止めてしまったのではないかと、心配して、中島さんのマンションに見に行ったら、出品作品が、ちゃんと、用意されていましたから」

「中島英一さんという人は、どういう人ですか？」

「どういう人といいますと？」

「例えば、自信のない作品は、コンテストに出品しないという、考えの人ですか？　それとも、いい悪いは別にして、毎年必ず出品する人ですか？」

「中島さんは、ウチの会社でやっているコンテストに、第三回から、毎年ずっと出品してくださっているんです。でも、連続優勝する前の年、三年前ですけど、この年は、出品しなかったんです」

「それはなぜですか？　病気とか、ケガとかですか？」

「実は、その前の年の出品作品というのが、多くのファンからかなり手厳しく批判されてしまったので、中島さんは、自信をなくしてしまったんですよ。それで翌年は、出品を、取り止めたんだそうですよ。中島さんは、そういう人ですから、自信がなければ、コンテストには出品しないと、思いますわ」

「ということは、今年の作品は、中島さんにしてみれば、それなりの自信が、ある作品だということに、なってきますね」

「ええ、そうだと思いますけど」

と、いってから、江美は、ちょっと、困ったような顔をした。

おそらく、彼女の目から見ても、今年の中島英一の、出品作品は、今までの作品に比べて、それほど出来のいいものではないということなのだろう。

「たしか、今度の中島さんのジオラマには、『転車台のある風景』という名前が、ついていましたね？」

「そうです」

「ジオラマを作る人というのは、実際に走っている、東海道本線とか、江ノ島電鉄とかを作る人もいるし、それとは正反対に、まったく架空の鉄道を作って、自分の好きな名前を、自由につけて楽しむ人もいるそうですね？　そうすると、中島さんは、そのジオラマに、なぜ、架空でも鉄道の名前をつけてなかったのでしょうね？」

「そのことが何か、今回の事件と、関係があるんですか？」

「そういうわけでは、ありません。ただ、私は、ジオラマには、詳しくないので、よくわからないのですが、中島さんは、どこか、実在の鉄道とか、実在の運転台とかを見て、作ったのではありませんか？」

「そうですね、現在でも、使われている転車台というのは、全国的に見ても、そんなに多くは、ありませんから、中島さんは、今回のジオラマを作るに当たって、どこかの転車台を見に行って、それを参考にしたのかもしれませんね」

「ということは、あのジオラマを作るに当たって、実在の転車台や鉄道を、見に行ったことは、あり得るわけですね？」

「そう、思いますけど、十津川さんは、どうして、そのことにこだわっていらっしゃるんですか？」

江美が、不思議そうに、きく。

「中島英一さんは、丸子多摩川の河原で殺されていました。犯人は、丸子多摩川の河原に、呼び出したか、連れ出して殺していますから、行きずりの犯行でないことは間違いありません。犯人には、中島英一さんを、殺さなければならない、動機があったことになってきます」

「そこまでは、警察の人間ではない私でも、理解できます」

「その時、同じ河原で、中島さんが、今回のコンテストのための出品作品として、作っていた、ジオラマが燃やされてしまっていました。中島さん本人が、燃やしたとは、思えません。犯人が燃やしたということになってきます」

「ええ」

「今もいったように、犯人には、中島さんを殺す理由が、あった。同時に犯人には、中島さんが今回作った、問題のジオラマを、燃やす理由があったと、考えられるんですよ。それで、私が最初に考えたのは、犯人が、中島さんと同じようなジオラマの製作者で、中島さんの、模型作りの才能に嫉妬して殺したのではないかということでした。今回のジオラマが、誰もが、絶賛するような素晴らしい出来栄えの作品だったら、犯人の動機が、そのまま、ジオラマを燃やしてしまうことに、つながってきたとしても、決しておかしくないんですよ。しかし、今回、中島さんが作った、ジオラマは、写真を見た多くの人が、その出来栄えに、疑問を持っているようだし、中島さんの作品らしくないという声も聞かれました。中島さんの才能に嫉妬した犯人が、彼を殺したとすれば、今回のジオラマのような、あまり、出来のよくないものを、どうして、河原で、焼いてしまったのか？　そこが不可解なんです。それで、あのジオラマが、実在の鉄道、あるいは、実在の転車台に似せて作ったのだとしたら、そのことが、犯人が、ジオラマを、燃やした理由に、関係があるのではないのかと、そんなことを、考えたので、望月さんにおききしているのです」

「それがわかれば、中島さんを殺した犯人も、わかるんでしょうか？」

「そうだと断定はできませんが、捜査が進展するのを期待しています」

「それでしたら、転車台に詳しい人がいますから、ご紹介します」

2

江美が紹介してくれたのは、日本全国の鉄道の転車台だけを、カメラにおさめているという、寺田という四十歳のマニアだった。

寺田は、十津川と亀井の二人に、自分が撮った二カ所の転車台の写真を見せてくれた。

「望月さんが撮った、ジオラマの写真に、よく似た転車台ということで、この二カ所の写真を持ってきました。こちらは、会津若松駅の転車台です」

そこには、転車台に載ったSLが、写っていた。黒光りする蒸気機関車には、「SLばんえつ物語」というヘッドマークが、ついていた。

「転車台に、SLが載っているところは、例のジオラマに似てますね」

十津川が、写真を見ながら、いった。

「そうです。福島県の郡山から、会津若松を通って、新潟県の新津まで行くのが、磐越西線ですが、会津若松と新潟の間を、四月から十一月までの土・日・祝日に、このSLが運転されています。会津若松駅には、SLの方向転換をするための転車台が、現在も動いています。ただ、周囲の景色が、このジオラマと、違っているんです」

「もう一つの写真は？」

「こちらは、静岡県内に、天竜浜名湖鉄道という第三セクターの鉄道がありましてね。その天竜二俣駅です。この駅に、現役の転車台がありまして、それがこの写真です」

「転車台に載っているのは、SLじゃなくて、普通の車両ですね」

「天竜浜名湖鉄道で、実際に走っている車両です。その点は、ジオラマと違いますが、周辺の景色は、こちらの天竜二俣駅のほうが、似てますね」

「たしかに、写真を見ると、古びた駅舎や、貯水タンクは、ジオラマそっくりですね」

「転車台のそばに、大きなSLの車輪が、二つ置いてあるでしょう。昭和十五年に、この駅舎も転車台も造られたんです。当時は、国鉄二俣線で、SLが走っていた。そのSLの車輪で、記念に、ここに飾られているんですが、この車輪も、ジオラマには、ちゃんと転車台のそばに置かれています」

「なるほど」

「中島さんが、どちらの転車台をマネて、ジオラマを作ったのか、私にも、判断できませんね」

「私は、決めました。中島さんが、見本としたのは、天竜二俣駅です」

十津川が、いうと、寺田は、

「どうして、そう思うんですか？」

「この天竜二俣駅や、天竜浜名湖鉄道は、静岡県でしょう？」

「そうです。浜名湖の北側を走っているのが、天竜浜名湖鉄道です」

「私が聞いたところでは、中島さんの故郷は、静岡の浜松ということでした。理由は、それだけです」

3

翌日、十津川は、亀井と、東海道新幹線の「こだま」で掛川に向かった。

掛川で、問題の天竜浜名湖鉄道に乗り換える。

天竜浜名湖鉄道は、昭和十年に生まれた旧国鉄の二俣線が、昭和六十二年に第三セクターとして、再出発した路線である。

線路の長さは、掛川から新所原まで、六十七・七キロである。

車両は、気動車（ディーゼルカー）で、クリーム色の車体に、オレンジとグリーンと青のストライプが入っている。

掛川から、終点の新所原まで、二時間から三時間半で、到着する。朝夕の通勤、通学の時間帯は、二両編成だが、日中は、一両編成である。

十津川たちが乗ったのも、一両編成だった。単線の線路を、ゆっくりと走る。

始発の掛川から、十六番目の駅が、天竜二俣駅である。所要時間は四十四分〜五十六分。

天竜二俣駅は、天竜浜名湖鉄道（通称、天浜線）の中では、中心的な駅である。

この駅の周辺に、名所・旧跡や、歴史的な建造物が集まっている。

第一にあげられるのは、天竜川の川下りである。この二俣地区で、天竜川は、ゆっくりと蛇行しているので、船頭の口上を聞きながら、舟下りを楽しむことができる。天竜川下りは、長野の飯田線にもあるので、それと区別して、こちらは、「遠州天竜下り」という。天竜二俣駅から、乗船場まで、無料のバスが出ている。

歴史に興味がある人には、二俣城址がある。

天正七年（一五七九）、徳川家康の正室、美人のほまれ高い築山殿と、二人の間に生まれた嫡男信康は、織田信長に、武田家に内通していると疑われ、織田家と同盟関係にあった家康は、築山殿を殺し、信康を二俣城内で切腹させている。この悲劇は、よく知られている。

今日、十津川と亀井が、天竜二俣駅で降りたのは、駅舎に興味があったからである。

昭和十五年に造られた建物のうち、五つが、平成十年の十二月、国の登録有形文化財に指定されている。

天竜浜名湖鉄道・運転区事務室
〃　　　　・運転区浴場
〃　　　　・運転区休憩所
〃　　　　・機関車転車台
〃　　　　・機関車扇形車庫

この五つは、昭和十五年当時のままだといわれている。

二人が、これから、見るつもりの転車台は、円形で大きさ二三二・二平方メートル。直径は、一八・四メートルと、記されている。

駅で、貰(もら)ったパンフレットには、この駅の転車台の写真が、載っていて、

「天浜線に乗って転車台を見に行こう」

開催日　毎週　金・土・日・月プラス祝日

時　間　一〇・四〇　一三・四〇

この時間に天竜二俣駅待合室に集合してください

当社スタッフがご案内させていただきます（一回四十五分）

入場料金　大人一〇〇円　こども（小学生以下）五〇円

見学記念硬券を購入してください

と、あった。

現在、正午を過ぎていて、十時四十分の見学者の姿は、もちろんなかった。

十津川は、問題の転車台の責任者に、警察手帳を見せて、写真を撮らせてもらうことにした。

十津川たちは、望月江美が撮った。コンテストに出品する予定だった、中島英一のジオラマの写真も、持ってきている。

十津川が、その写真と、現に目の前にある転車台周辺の風景とを、見比べていると、亀井が、

「警部、明らかに違いますね」

少しガッカリした様子で、十津川に、いった。

ここにある転車台というのは、車両を車庫から出して載せ、天竜浜名湖鉄道の路線のレールに向きを変える装置である。現在も、ここの転車台は動いているから、動かす車両も、天竜浜名湖鉄道で実際に運行している、ディーゼルカーだが、中島英一が作った問題のジオラマでは、ディーゼルカーではなく、ＳＬになっている。

そのことからしても、まず、違っていると思われる。

しかし、十津川は、持ってきたカメラで、周辺の写真を撮りながら、

「しかしね、カメさん、よく見ると、似ているところも多いんだ。中島英一がここに来たことは、間違いないと思ってよさそうだな」

と、いった。

その一つが、転車台についている運転台である。

円形の転車台は、ここに車両を載せた後、モーターで動かす仕組みになっているのだが、人ひとりが、どうにか入れるくらいの電話ボックスのような運転台が、ついていて、よく見ると、なぜか、大きな石が三つ、載せてある。中島英一の作ったジオラマの運転台にも、同じように四角い石が三つ、積んであるのである。

十津川は、運転台に置いてある石について、この車両基地の責任者に、きいてみることにした。

十津川に説明してくれたのは、作業服を着た、いかにも鉄道マンといった感じの、〝おやじさん〟タイプの、中年の男である。

「実際に車両を載せて、あの運転台でモーターをまわすんですが、うまくやらないと、車両の重さで、運転台が浮き上がってしまうんですよ。そうなると、転車台そのものが動かなくなってしまいますからね。それで、運転台を押さえつけるために、石を置いているんです。いってみれば、重しですよ。もちろん、昔、ここが出来上がった頃は、あんな石は必要なかったんですけどね。何しろ昭和十五年の製品ですから、まあ、それだけ、この装置が古くなってしまったということなんですよ」

　中年の作業員は、自ら運転台に乗り、実際に転車台を動かして見せてくれた。

「今、日本で、実際に転車台が動いている鉄道は、ここだけではないでしょう？　ほかにもありますよね？」

　十津川が、きくと、

「もちろん、ありますよ。でも、実際には、かなり少ないと思いますね」

「そういうところでも、ここと同じように、やはり運転台に、石を載せているんでしょうか？」

　亀井が、きくと、作業員は、また笑って、

「いや、私が知っている限り、運転台に、重しとして、石を載せているのは、たぶん、ここだけだと思いますよ」

　十津川は、持ってきたカメラを今度は、天竜二俣駅に向けた。

　転車台の見学者は、駅の待合室に集合してから、見学することになっていると いうのだが、その待合室も、中島英一が作ったジオラマに似ている。

　今日は十三時四十分から、希望者には大人百円、子供五十円で、この転車台を動かして見せることになっている。そのために、天竜浜名湖鉄道の営業課の社員が一人、こちらに来ていた。

その社員と作業員の二人に、十津川は、中島英一の顔写真を、見せた。

「この人がここに来て、転車台の写真を撮ったり、あなた方に、話を聞いたりしたことはありませんか？」

二人は、熱心に写真を見ていたが、作業員のほうが、

「ええ、この人ですよ。たしか、二月の半ば頃だったと思うのですが、この人が一人で、ここにやって来たんですよ。カメラとテープレコーダーを持っていましたよ。転車台の写真を撮りたいし、転車台を動かしてもらえたら、その時の音も、録りたいといっていましたね。ただ、この人が来た日は、転車台が故障していてね、実際には転車台が動くところは、写真に撮れなかったのですが、その代わり、私に、いろいろと、質問していきましたよ。いつ頃から、この転車台があるのかとか、今までに、何か事故はなかったかとか、そんなことを詳しくきかれましたね。ここには、全国から鉄道ファンも、たくさん来ますから、私も質問をされることが、多いのですが、あんなに熱心な人はなかなかいないので、それで、覚え

ているんです」

「もう一度、おききしますが、本当にこの人で間違いありませんか？」

と、十津川が、念を押すと、

「ええ、間違いないですよ。たしか、自分は、鉄道模型や、ジオラマを作っているのだが、やはり、実物を見ないと、ちゃんとした模型を作ることができない。そんなことをいっていましたね」

と、作業員が、いった。

その男は、まず、中島英一だと、思って間違いないだろう。やはり、中島英一は、ここに来たのだ。

「この男がここに来たのは、二月の半ばだといわれましたね？　正確な日付はわかりませんか？」

と、亀井が、きいた。

「たしか、二月の十四日じゃなかったですかね」

「この転車台にからんで、最近、人身事故があったということはありませんか？」

「いや、そういうことは、今までに一度もありませんね」

これは、天竜浜名湖鉄道の営業課の社員が、強い口調で、いった。

4

一時過ぎになって、七、八人の見学者が、駅の待合室に、集まってきた。

午後一時四十分になったら、実際に転車台を動かすのを、見せることになると、営業課の社員が、いった。

十津川と亀井も、それを見学することにした。

見学者が待合室から出てきて、転車台の近くに集まり、本社の営業課員が、転車台の説明をしている。

十津川たちは、彼らから少し離れたところから、見守った。

実際に、扇形の車庫から車両が、一台出てきて、転車台に載せられた。

中年の作業員が、運転台に腰を下ろして、スイッチを、入れている。

安全第一ということなのだろうか、かなりゆっくりとしたスピードで、転車台が動いていく。

全部で、四十分から五十分くらいのショーである。

それが終わった後で、十津川はもう一度、本社から来ている、営業課員から話を聞くことにした。

「この駅の住所は、浜松市になるんでしたね？」

「そうですよ。浜松市天竜区二俣町です」

「この駅が、天竜二俣駅という名前だということは、天竜川に近いのですか？」

「ええ、すぐそこですよ。ここから天竜下りの船着き場まで、無料の送迎バスが出ています。三月下旬から、十一月の末まで、川下りを楽しめます」

「私は、天竜というと、てっきり長野県かと思っていたんですけど、違うんですね？」

「もちろん、長野県の飯田線の天竜峡駅の近くからも、天竜川の舟下りの舟が、出ています。それで、こちらでは長野県と区別する意味で、遠州天竜下りと呼んでいます」

「その遠州天竜下りを楽しもうという人が、この天竜二俣駅でたくさん降りるのではありませんか？」

「そうですね。これから暖かくなりますから、観光で来られる方が、多くなります」

そういえば、駅の待合室には、遠州天竜下りのパンフレットも置いてあった。

5

二人は、天竜二俣駅の見取図を貰い、次に、亡くなった中島英一の実家を訪ねることにした。

今も、「うな吉」という鰻料理屋をやっているその家の住所は、浜松市中区早馬町二丁目になっている。

天竜二俣駅できくと、遠州鉄道で行くほうが早いと教えてくれた。

天竜二俣から二つ先の西鹿島に、遠州鉄道の駅が、併設されていて、そこで、乗り換えるのである。

駅舎は、遠州鉄道の西鹿島駅のほうが、昭和五十四年（一九七九）に新しく建てられたので立派だった。

ここから、終点の新浜松まで十七・八キロ。車体は、真っ赤で、白いストライプが入っている。こちらは、電化されているが、単線である。

中島の実家は、新浜松の二つ手前の遠州病院駅で降りる、と教えられていた。

浜松の市街地に入ると、軌道は高架になる。

遠州病院駅も高架上にあった。地図を見ると、駅近くに、浜松市役所や、浜松城があるから、浜松の中心街である。

駅から歩いて、十五、六分のところにある「うな吉」は、以前は、中島の両親がやっていたのだが、両親が亡くなってからは、木村という中島の叔父が引き継いで、現在も、営業中だった。

十津川たちは、この店で、早めの夕食に、うな丼を注文し、それを食べながら、中島英一のことを、叔父に当たる木村にきくことにした。

「ビックリしているんですよ。まさか、あの英一が殺されるなんて、誰も考えていませんでしたから。店があるので、私は、あかねのそばに、駆けつけて、やれないんですけどね」

「中島英一さんは、いつまで、この浜松にいたんですか？」

「高校を卒業するまででしたね。英一は、浜松市内の高校を出て、その後、東京の大学に入学したんです。こちらには、あまり帰ってきませんでしたね。英一の両親も、すでに亡くなっていますから」

と、木村が、いう。

「あなたの知っている英一さんは、どんな性格でしたか？」

「英一は、子供の頃から、何かを作るのが、好きだったですね。一人で黙って、コツコツと木を削って、電車とか、飛行機とかの模型を、作っていましたよ」

「英一さんには、自分から、敵を作るようなところがありましたか？」

「とんでもありません。どちらかといえば、人に、好かれるような、そんな性格でしたよ。ただ、今もいったように、英一は、一人で、コツコツと、ものを作るのが好きでしてね。高校に入ると、友だちに頼まれて鉄道模型を作ったり、高校三年生の時には、ロボットなんかを、作ったりしていたんじゃないですかね。一人でものを作るのが好きな性格だったから、友だちは、そんなに多くはなかったですよ。それに、人とケンカをするのも、好きじゃなかったですよ」

「亡くなった時、英一さんは、三十四歳でしたが、どうして、結婚しなかったのでしょうか？」

十津川が、きくと、木村は、笑って、

「私には、そこまでは、わかりませんが、何事にも夢中になってしまう性格だから、ひょっとすると、女性とつき合う時間がなかったのかもしれません」

「今日、天竜浜名湖鉄道に乗って、天竜二俣駅に行って、駅や転車台を、見てきたんですが、そこの担当者の話によると、二月十四日に、英一さんが、やって来て、駅舎の写真を撮ったり、いろいろと、話を聞いたりしていったそうなんです。木村さんは、そういう話を、英一さんから聞いたことはありませんか？」

「その頃、ウチに来て、三日間、泊まっていきましたよ」

「三日間ですか？」

「ええ」

「その時、英一さんは、何をしに、ここへ来たんでしょうか？」

「何をしにって、今、刑事さんが話していたじゃありませんか。天竜浜名湖鉄道の天竜二俣駅ですが、そこに、日本ではもう珍しくなった、転車台というのですか、列車の車両を載せて、ぐるっとまわるあれですが、それがあって、天竜二俣駅に、その転車台を見に来た。英一は、そう、いっていましたね。ウチに泊まって、三日間、その駅や、あるいは、駅の沿線を調べていたのではないかと思いますよ」

「それは、転車台のジオラマを作るためですかね？」

「私は、鉄道模型のことには、詳しくないので、よくわかりませんが、何だか、いっぱい写真を撮ってきたみたいでしたね」

「この浜松に残っている、英一さんの、知り合いはいませんかね？」

「そりゃあ、英一は、この浜松の生まれで地元の高校を出ていますからね。今も当時の同級生が、何人かこの浜松にいるんじゃありませんか？」

と、木村が、いった。

十津川と亀井は、食事を済ませると、中島英一が卒業した浜松市内のN高校に行ってみることにした。

中島のことを覚えているという教頭に会って、卒業生名簿を見せてもらった。

その中から、現在も、浜松市内に住んでいる男女三人の住所と名前を聞いた。

男二人と女一人である。

十津川と亀井は、浜松市内で自動車の修理工場を、経営している向井肇という同級生をまず、訪ねることにした。

向井は、社長室の棚に、飾ってある、二台の国産車両の、精巧な模型を、十津川たちに見せてくれた。

「これは、両方とも、中島に頼んで、作ってもらったものなんですよ。市販のキットから、作ったんじゃありません。彼が工具を使って、部品から全て、手作りで作り上げたものなんです。出来がいいので、こうやって社長室に飾ってあるんですよ」

「では、高校を出た後も、向井さんは、中島英一さんと、つき合っていたわけですか？」

「ええ、親友でしたからね。それに僕も、模型が好きなんです。中島とは、お互いに電話をかけ合ったり、メールを送り合ったり、こんな模型を作ってもらったりしていました」

「中島さんが亡くなったことは、ご存じですよね？」

「ええ、もちろん、知っていますよ」

「どう思いましたか？」

「残念でしたよ。あんないいヤツが、殺されるなんて」

向井が、目をしばたたかせる。

「中島さんは、亡くなるまでずっと、独身だったようなのですが、同級生の中に、好きだったり、つき合っていた女性は、いなかったのですか？」

亀井が、きくと、向井は、少し考えていたが、

「それらしい女性がいたようですね。そんな話を、彼がしていたことがありましたから」

しかし、中島英一が好きだったという、問題の女性の名前は、思い出せないといった。

十津川たちが会った二人目は、浜松駅近くの、総合病院の院長の息子で、外科医師として、勤務している中西大介という同級生だった。

その中西は、十津川たちの質問に対して、あっさりと、

「中島が、好きだった女性は、高校の同級生の白井美咲ですよ。彼女、なかなかの美人ですよ」

「その白井美咲さんですが、今もこの浜松に住んでいるんですか？」

亀井が、きくと、中西は、今度もまたあっさりと、

「いや、彼女、亡くなりましたよ」

「亡くなった？」

「今年の、二月の中頃です」

「亡くなった時、白井美咲さんは、結婚されていたんですか？」

「いや、独身でした。二十三歳で結婚したのですが、去年の春、離婚したんですよ。中島が、暮れ頃でしたかね、久しぶりに電話をかけてきて、彼女の消息を、きいてきましたから。離婚して、実家に、帰ってきていると、聞いたんだが、本当かって。卒業後もずっと、彼女のことが気になっていたんじゃないですかね」

と、中西が、いった。

だが、白井美咲という女性について、中西は、それ以上の詳しいことは知らないといい、彼女のことが知りたければ、彼女と親しかった大森晴香（おおもりはるか）という女性にきけばいいといった。その大森晴香の連絡先は教頭からきいて知っていた。彼女も同級生である。

すでに、大森晴香は結婚していて、子供もいるという。

二人は、彼女から話を聞くことにした。

浜松市内のマンション住まいで、二人が訪ねていくと、大森晴香は、中学一年生の娘に、英語を教えていた。

「ええ、美咲のことなら、よく知っていますよ。高校時代から、ずっと、私たち、親友でしたから」

「同級生の中島英一さんが亡くなったことは、ご存じですよね？」

「ええ、ニュースで、見ました」

「白井美咲さんを、中島英一さんが、好きだったという話を聞いたのですが、これは本当でしょうか？」

亀井が、きくと、大森晴香は、ニッコリして、

「ええ、本当の話ですよ。高校時代、家が近かったので、夏なんかには、二人で、浜名湖に行って、ボートに乗ったりしていたそうですから、でも、美咲のほうは、美人でモテたから、友だちの一人と、みてたんじゃないかしら」

「白井美咲さんですが、今年の二月に亡くなったと、聞いたのですが、これも本

当ですか？」

「本当ですよ。二月の寒い日でした。天竜川に遊びに出かけていて、その途中で突然、心臓発作を起こして倒れてしまい、亡くなったそうです」

「天竜川ですか？」

「ええ、天竜川の近くに、天竜浜名湖鉄道の駅があるんですよ」

「天竜二俣駅ですか？」

「ええ、その駅です。その駅の近くで、倒れて亡くなったんです」

「白井美咲さんは一人で、そこに行ったんですか？」

「いえ、一人ではなかったと思います。誰かと、会っていたんじゃないかと思いますけど、肝心のその相手の人が、わからないんですよ。彼女が急死してしまったもので、自分の責任になるのではないかと思って、それで、逃げてしまったんじゃないですか？」

　晴香が、悔しそうに、いった。

「二月の何日だったか、正確な日時はわかりませんか？」

「二月の十四日でした。バレンタインの日ですよ。自分で作ったプレゼント用のチョコレートを持っていってたらしいですよ」

と、晴香が、いった。

「ひょっとして、そのチョコレートを贈る相手は、中島英一さんだったんじゃありませんか？」

十津川が、きくと、晴香は、小さく首を横に振った。

「彼女が、心臓発作を起こして倒れた時、相手の男の人は、どこかに、逃げてしまったんじゃないかしら。中島くんは、私が知っている限り、そんな卑怯なことを、するような、無責任な男性じゃないから、相手の男性は、中島くんとは、思えません」

晴香は、強い口調でいった。

「白井美咲さんのことを、もっと知りたいのですが、誰に会ったらいいですかね？」

十津川が、きくと、晴香は、少し考えた後で、

「美咲のお母さんが、今も、市内の中学校で、英語を教えています」

と、教えてくれた。

現在、五十八歳。娘が亡くなった後も、気丈に、教壇に立っているという。

十津川は、大森晴香と別れると、その中学校を訪ねてみることにした。浜松城の近くにある私立の女子校だった。

七時に近かったが、折よく、学校に残っていた、白井美咲の母親、白井敬子(けいこ)に会った。

「ええ、今年の二月十四日でした。寒い日でした。あの子は、朝から、何となく落ち着きがなくて、昼過ぎになってから、自分の作ったチョコレートを持って、出かけていったんですよ」

「その日に、会う約束をしていた相手の名前ですが、美咲さんは、お母さんに、いっていましたか？」

「いいえ、何もいいませんでした。夕方になっても、娘は帰ってきませんし、連絡もありませんでしたから、どうしたのかしらと心配していたら、警察から電話があって、娘が、天竜二俣駅の近くで、倒れているところを発見されて、救急車で病院に運ばれたが、病院に着く前に亡くなってしまった。死因は心臓発作だったと聞かされました。ビックリして、慌てて、病院に飛んでいったんです」

「お嬢さんは、もともと心臓に持病があったのですか？」

「いいえ、そういう話は、まったく聞いていませんでした。健康そのものでした」

「しかし、救急車で運ばれた病院で、死因は、心臓発作だといわれたんですね？」

「ええ、そうです。最初は、ただビックリするだけで、信じられなかったんですけど、後で、冷静になって考えてみると、あの日は寒かったし、娘は、少し疲れていたのかもしれません。出かける時、そんな感じが、ありましたから。それが原因で、心臓発作を起こしたのではないかと、今は考えています」

「何か、疲れるようなことが、あったんですか」

「去年の春に、離婚し、東京で、自活すると、コンビニで、アルバイトも、してたんですが、そこで、イヤなことが、あったらしく、十一月に、こちらに、戻ってきたんです。詳しいことは、話さないんですが」

母親が、いう。

「お嬢さんと同じ高校の同級生で、中島英一という人を、ご存じありませんか？先日、東京で、亡くなった人ですが」

「その名前でしたら、何度か、聞いたことがあります」

「それは、お嬢さんからお聞きになったんですか？」

「ええ、娘から、聞きました。何年ぶりかで電話をもらったといっていました。何でも、その人は、鉄道模型を作る第一人者で、その分野では、とても有名で、人気のある人なんだと、娘は、そんなことをいっていました」

「その中島さんが、お宅を、訪ねてきたことはありませんか？」

「いいえ、私が、知る限りでは、そういうことはありません。でも、娘は、中島さんと会っていたかもしれませんわ」

「どうして、そう思われるのですか？」

「今年になってから、娘は、中島さんのことを、よく口にしていましたから、つき合っているのかなと、思っていました」

「バレンタインの日ですが、お嬢さんは、中島さんと、会っていたのではないですか？」

「誰に、会いに行ったのか、名前は、聞いていませんでした。娘も、いい大人ですし」

「お嬢さんが、倒れて運ばれた病院の名前は、覚えていらっしゃいますか?」

「二俣町にある病院でした。二俣町には、二俣城址があるんですけど、その近くの病院でした」

母親が、教えてくれた。

十津川たちは、もう一度、天竜二俣駅に、引き返した。

白井美咲の母親が話していた通り、二俣町には、二俣城址がある。徳川軍と武田軍が戦った合戦の舞台となった二俣城である。今は、城址になっている。

問題の病院は、その近くのかなり大きな、総合病院だった。

十津川たちは、二月十四日に、救急車で運ばれてきた白井美咲を、診たという金田という医師に会った。

「あの患者さんのことなら、よく覚えていますよ。救急車で、搬送されてきたのですが、到着した時には、すでに、心臓が止まっていました。すぐに、蘇生措置を施したのですが、残念ながら、ダメでした」

と、金田は、いった。

「彼女は、心臓発作を起こして、運ばれてきたと聞いたのですが?」

「ええ、その通りです。何でも、天竜二俣駅の近くで、倒れているところを発見されて、救急車で運ばれてきたということでした。でも、今も申し上げたように、ここに到着して、私が診た時には、すでに心臓は停止していました」

「それで、死因は？」

「心不全です」

「どうして、心臓発作を起こして倒れたのか、わかりませんか？」

十津川が、きくと、金田医師は、当惑した顔になって、

「彼女が、もし、私の目の前で倒れたのなら、心臓発作を起こした原因が、わかると思いますが、すでに倒れているところを発見されて、それで、ここに運ばれてきたんですからね。彼女がどうして、心臓発作を起こしたのかは、申し訳ありませんが、わかりません。今も申し上げたように、寒い日でしたし、おそらく、体の状態が、よくなかったんじゃありませんか？　それが、引き金になって、心臓発作を、起こしてしまったのではないか？　そのくらいのことしか申し上げられません」

「携帯電話は、持っていましたか？」

「いや、ありませんでしたよ」

「間違いありませんか？」

「母親が、遺体を引き取りに来た時、携帯のことをいっていたので覚えているんです」

「この病院に運んできた救急車が、どこの救急車か、わかりますか？」

十津川が、きいた。

金田医師は、ビックリした顔になって、

「あの女性のことが、何か、問題になっているんですか？　警察が、何か調べているんですか？」

「白井美咲さんと親しかった男性が、東京で、亡くなったんですよ。殺人事件なので、こうして、われわれ警視庁捜査一課が調べているのです」

十津川が、説明した。

金田医師から、白井美咲を運んだという救急車が、天竜消防署の救急車だったと聞いて、十津川と亀井は、その消防署を、訪ねていった。

そこの救急隊員の一人が、二月十四日のことを覚えていた。

「たしか、出動指令は、午後二時頃でした。天竜二俣駅の近くに若い女性が倒れている。私たちが、急行したところ、駅近くの路上に、若い女性が、うつ伏せに、倒れていました。すでに、心臓は止まっていたと思います。とにかく、病院に運ぼうということで、二俣城址近くの救急病院に、運びました。その後で、病院のほうから、あの女性は、助からなかった。病院に搬送されてきた時には、すでに、心臓が止まっていて、蘇生措置を施したのだが、残念ながら助からなかったという報告を受けました」

「その時、一一九番してきたのは、女性でしたか、それとも、男性でしたか？」

「それは、情報指令課の、担当官に、きいてください。今、連絡を取ってみますので」

十津川は、救急隊員と代わって、同じ質問を、電話に出た浜松市消防局の担当官に、繰り返した。

「一一九番の通報があったのは、午後二時頃です。天竜二俣駅の近くの、路上で、若い女性が倒れている。そういう通報でした。たしか、男性の声でしたね」

「その電話の主ですが、自分の名前は、いったのですか？」

「いいえ、名前は、いいませんでした。あなたのお名前を、教えてくださいといったら、自分は、たまたま、通りかかった者で、倒れている女性を発見したので、通報しただけだ。それだけいうと、向こうから一方的に、電話を切ってしまいましたね。こちらとしても別に犯罪ではないし、電話をくれた人のことを、調べる必要もないので、その後、通報者については調べておりません」

「もう一度、確認しておきますが、通報があったのは、二月十四日の、午後二時頃なんですね？」

「ええ、そうです。間違いありません。寒い日で、今にも、雪でも降り出しそうな感じでしたけど、あの寒さが、いけなかったんじゃないですかね」

十津川は、礼をいって電話を切った後、再び、救急隊員に、きいた。

「その倒れていた女性ですが、薄着だったんですか？」

「いや、ちゃんと、厚手のコートを羽織っていましたよ。マフラーもしていたんじゃなかったかな」

「それで、その後、家族に知らせたわけですね？」

「いや、家族に知らせたのは、警察のほうからです。われわれでは、ありません。

彼女が持っていたハンドバッグの中に、運転免許証が入っていたので、浜松市内の母親に、知らせたと聞いています」

「彼女は、駅の近くの路上に倒れていた。そうですね？」

「ええ、そうです。そういう知らせがあったので、すぐに行ってみたら、たしかに、路上に倒れていました」

「何か、不自然なところは、ありませんでしたか？」

「不自然といいますと、どういうことですか？」

「例えばですね、その女性に、殴られたような、痕跡があったとか、車にはねられた形跡があったとか、そういうことですが」

「いえ、そういうことは、まったく、ありませんでした。ですから、病院から死因は心不全だと聞かされても、別におかしいとは、思いませんでしたよ」

「倒れていた女性ですが、その日が、ちょうど、バレンタインデーでしたから、男性に渡すチョコレートを、持っていたんじゃありませんか？」

「いや、そういうものは、持っていませんでした。ハンドバッグの中にも、入っていませんでしたしね。誰か、男性が一緒にいたんですか？」

「そういう話も、聞いているんですが、一人で倒れていたんですか？」

「ええ、そうです。男性の姿は、どこにもありませんでした」

「しかし、一一九番してきたのは、男性だったんでしょう？」

「そう、聞いていますが……。でも、今も申し上げたように、殺人ではなく、単なる病死ですから、電話をしてきた男性については、何も、調べなかったんだと、思います」

「もう一度、確認させてください。倒れていた女性を救急車に、乗せて、二俣城址近くの病院に、運んだんですね？　救急車の中で、その女性が、何か、しゃべったというようなことは、ありませんでしたか？」

「そういうこともまったくありません。救急車に乗せた時にはすでに、心臓が止まっていましたから。一応、脈は確認したのですが、止まっていました」

「彼女は、ハンドバッグを、持っていたんですね？」

「ええ、持っていましたよ。身元を確認する必要がありましたから、ハンドバッグを開けて、中身を調べてみました。そうしたら、運転免許証が入っていましたので、病院の医師に、その運転免許証を渡しました。それで、病院から、連絡を受けた、警察が、母親に連絡をしたのだと思います」

「くどいようですが、発見した時、顔や手足に、殴られたような外傷は、見当たらなかったんですね？」

「ええ、まったくありませんでした。その点は、病院の医師も、確認しています」

十津川と亀井の二人は、殺された中島が、天竜二俣駅に、来ていた時期に、想いを寄せていた女性が、その同じ場所で、突然死した、という、新しい発見があったことで、捜査も、少しは進展したと思いながら、同時に、判明した事件が、単なる病死ということで、新たな壁に、ぶつかってしまったような気もしていた。

第三章　再製作

1

中島英一の遺体が発見されてから、五日が、経過したが、捜査は、なかなか、進展が、みられなかった。

ジオラマの世界で、中島英一に、怨(うら)みや、嫉妬(しっと)を、抱いているような、人物が、浮かび上がって、こないのである。

十津川と亀井は、ジオラマワールド社の社員、望月江美に会って、再度、話をきくことにした。

「先日、私と亀井刑事は、死んだ中島英一さんが、モデルにしたと思われる、天竜二俣駅に行ってきました。転車台のある、駅ですよ」

　十津川が、いうと、望月江美は、

「それで、何かわかりましたか？」

と、きく。

「あなたが撮ったジオラマの写真、それを持っていって、比べてみたのですが、天竜二俣駅の転車台と、よく似ています。向こうで、天竜二俣駅の図面を貰ってきました」

　十津川は、手描きの絵図のような天竜二俣駅の図面を、江美の前に置いた。

「何しろ、問題の転車台が造られたのは、戦前の、昭和十五年のことで、駅舎自体もその頃に造られたために、アンティークな趣きのあるというか、古びた駅でした。それでたぶん、中島英一さんも、この天竜二俣駅と転車台に興味を持って、この駅と、同じようなジオラマを、作ったのではないかと、私は、そう考えました」

「そうですね、たしかに、よく、似ていますけど」

「あなたの撮った写真では、中島英一さんが作ったジオラマに、フィギュアも配置されていますよね？　駅員や転車台を見学に来ている人たちの人形が、あちこちに配置されています」

「ええ、そういう、細かいところまで、忠実に再現しているのが、中島さんの作るジオラマが、ファンに人気のある、大きな、理由なんですよ」

「ただ、あなたの撮った写真は、ある方向からしか、撮っていませんから、隠れてしまって見えないところが、あるのです。中島さんという人は、設計図なしに、いきなり、こういうジオラマを作る人だとは思えないのですが、最初に、図面を描くのでは、ありませんか？」

「ええ、中島さんに限らず、鉄道模型を作るプロの方は、まず最初に、図面を引いて、それからジオラマを作っていきます。それが、普通ですけど」

「その図面が、どこかに、ありませんか？　どうしても、図面が見たいんですけどね」

と、十津川が、いった。

「もし、あるとすれば、やはり、中島さんのマンションということになってきます」

「それじゃあ、行ってみましょう」

十津川が、腰を上げた。

十津川に亀井、それに、望月江美の三人は、中島のマンションに、出かけていった。

中島が住んでいたマンションの一室、その前には、今も警官が立ち、部屋の保全に当たっている。

二人の警官に、会釈をしてから、三人は、2LDKの部屋に、入っていった。

ここに果たして、十津川が欲しいと思う、あのジオラマの設計図があるだろうか？　犯人が、設計図まで、奪っていく、余裕がなかったことを、祈るしかない。

とにかく、何としてでも探し出すという覚悟で、十津川たちは、部屋の隅から隅まで、探していった。

最初に見つかったのは、段ボール箱に入ったフィギュアだった。駅員があり、サラリーマンがあり、子供、大人、子供を抱いた母親、学生、そんなものが、段ボール箱一杯に、入っている。

「フィギュアまで、自分で作ってしまう人もいますけど、中島さんは、既製のものを買ってきて、それを手直しして、自分の欲しい駅員とか、ホームで待っている高校生とかを作ってしまうんです。今度のジオラマでも、うまく作り直したフィギュアを、駅のホームに立たせておいたり、転車台を、見物しているように作っていました」

と、江美が、いった。

押入れの奥から、賞状などを入れておく円筒形の筒が見つかった。勇んで蓋を開けてみる。

中から、丸められた五枚の、ジオラマの設計図が見つかった。

十津川は、思わずバンザイを叫びたくなった。

しかし、その五枚の設計図を見ているうちに、十津川は、失望に落ち込んでしまった。それは、過去に、中島の作ったジオラマの設計図なのだが、その中には、肝心の「転車台のある風景」の、設計図は、入っていなかったのである。

こうなると、意地である。

五枚のジオラマの設計図があるのに、問題の設計図がないのはおかしい。どこかに、必ずあるはずである。そう信じて、十津川は、今度は、壁にかかった列車や駅の写真を、片っ端から外して、額の中を調べていった。

そして、見つかった。

SLの二重連の写真、その大きな額を外してみると、中から、畳まれたジオラマの設計図が、出てきたのである。

間違いなく、問題の「転車台のある風景」の、設計図だった。

リビングルームのテーブルの上に、その問題の設計図を広げて、三人は、じっと見つめた。

十津川と亀井が見てきた天竜二俣駅、また、駅で貰ってきた駅舎の図面と、今、テーブルの上に広げた設計図は、省略されているところもあったが、ほとんど、同じものだった。

特に、十津川の関心を引いたのは、図面の中に、細かく彩色までされて、フィギュアが、描き込んであることだった。

ホームには、駅員と乗客がおり、また、転車台のそばには、それを眺めている観光客がいる。駅舎に、自転車が立てかけてあったりもする。

そうした設計図の中で、十津川が注目したのは、駅舎の裏で倒れている女性のフィギュアの、描き込みだった。ホームからは見えない駅舎の陰である。

そこに、若い女性のフィギュアが倒れているのである。ジオラマとしては、異様だった。

その駅舎の陰から、足先だけが出ているから、場所によっては、見える位置に、倒れている女の人形である。

「中島さんが作ったジオラマに、この人形、駅舎の陰に倒れている女性ですけど、ありましたか？」

十津川が、江美にきくと、

「覚えていません。あの時は、パッと見ただけで、ああ、中島さんは、コンテストに、出品するための作品をちゃんと作ってくれていたんだと、そう思って、安心してしまって、すぐに写真に撮って、それで、終わってしまいましたから」

と、江美が、いった。

「この設計図を元にして、中島さんが、作ったものとまったく同じジオラマを、作れる人はいませんかね？」

「それが、捜査に必要なんですか？」

「必要です。ですから、誰かに、ぜひ作って、いただきたいのです。それが出来上がれば、捜査が一歩前進すると思っています」

「それなら、中島さんの友だちで、彼に近い技術を、持った人たちがいますから、その人たちに、この設計図を渡して、頼んでみることにしますわ」

と、江美が、いってくれた。

2

望月江美は、亡くなった中島の友人たちで、プロとして、個人で、ジオラマを作っている二人に、設計図を渡し、自分が撮ったジオラマの写真を添えて、これで、問題のジオラマを作ってほしいと頼んだ。

製作にかかる費用は全額、江美の会社、ジオラマワールド社が、持ってくれることになった。社長の小笠原にいわせると、それもジオラマワールド社の宣伝材料になるということらしい。

二人のプロは、一週間もあれば、完成するだろうと、いった。

十津川は、その二人に対して、

「何もかも全て、その、設計図通りにお願いします」

と、頼んだ。

十津川は、期待していた。

普通、設計図は、丸めて、筒に入れられて、筒の中にしまっておくものである。現に、五枚のジオラマの設計図は、筒に入れられて、押入れにしまわれていた。

ところが、問題の設計図だけは、わざわざ、リビングルームの壁にかけてある、写真の額の裏に、折り畳まれて入れられていたのである。ということは、それだけ、小島が、この設計図を、大事にしていたということになる。

その設計図通りに作ったジオラマが、問題になることが、わかっていたのではないのか。

十津川は、その可能性に賭けた。

プロの二人は、一週間で作るといったが、結局、一日早く、六日間で、問題のジオラマを作り上げてくれた。

完成した作品は、ジオラマワールド社に届けられ、望月江美からの連絡を受けて、十津川は、亀井と、すぐに、その現物を見に行った。

十津川は、ジオラマを見、製作した二人に会うと、

「お礼の申しようもありません。ただ、この件は、しばらくの間、内密に、しておいていただきたいのですよ。警察が、このジオラマを作らせたというのは、絶対に内緒です。このジオラマを、警察が作らせたとわかってしまうと、中島英一さんを殺した犯人が、逃げてしまう恐れがありますから」

「警察は、このジオラマを、どうするのですか？」

江美が、きくと、十津川は、それには、答えず、逆に、

「できれば、あのコンテストに、このジオラマを、展示してもらいたかったのですが、それができないとなると、どうしたら、いいか——」

十津川は、少し考えていたが、

「都内の画廊か何かで、中島英一さんの、ジオラマの個展のようなものは、開けませんかね？」

「中島さんは、この世界では、いちばんの人気者だし、その上、突然の死を迎えています。中島さんの個展を開けば、人は、たくさん集まってくると思いますか

ら、できるのではないでしょうか？　ただ、会場が空いているかどうか、個展の費用は、どこが負担するのか、そういうことが、はっきりしていないと、今すぐには、お答えできませんけど」

と、江美が、いった。

「今、こちらの製作者の方にも、いいましたが、警察の名前は、絶対に、出してほしくないのです。出して、このジオラマを、公開すれば、中島さんを殺した犯人は、逃げてしまいますからね。ただし、これが、犯人逮捕の役に立った場合は、報奨金の形で、警察から、お礼を出すことができます」

「わかりました。ウチの社長に相談してみますわ」

と、江美が、いった。

ジオラマを製作した二人には、お礼をいって帰ってもらい、その代わりに、今度は、ジオラマワールド社社長の、小笠原が加わっての四人の話し合いになった。

「本当に、このジオラマで、中島さんを殺した犯人が、逮捕できるんですか？」

小笠原が、首をかしげながら、十津川の顔を見る。

「百パーセントとはいいませんが。今回の事件で、犯人は、中島英一さんを、殺したたけではなくて、彼が作ったジオラマを、燃やしてしまっているのです。つまり、犯人にとっては、中島さんが作ったジオラマが、どうしても、邪魔だったんですよ。そのジオラマが、もう一度、世の中に出てくるとなれば、犯人は間違いなく、この、ジオラマのことを気にします。おだやかではいられないと、思うのです」

「私の知り合いに、銀座で、画廊を経営している者がいますから、彼に頼んで、何とかその場所を、借りて、中島英一ジオラマ展をやってみたいと思います」

と、いってから、小笠原は、

「ただ、私も、商売人ですから、損はしたくありません。中島さんの個展を開いて、もし、赤字になったら、それは、警察が埋めてくれますか？」

十津川は、苦笑しながら、

「犯人の逮捕に、つながったら、報奨金が出ますから、上司に、その了解を取っておきますよ」

「ほかに、個展を開くに際して、何か条件がありますか？」

小笠原が、きいた。

「まず最低でも、一週間は、やっていただきたい。第二に、できれば、新聞、テレビなどで宣伝を、していただきたい。黙ってやってしまうと、犯人も、気がつかない場合が、ありますからね」

十津川が、いった。

十津川はすぐ、上司の三上本部長に、中島英一のジオラマ展示会を、開催することを報告した。

もし、犯人の逮捕に、結びついた場合は、協力してくれたジオラマワールド社に、なるべく多くの、報奨金を払っていただきたいと、三上に頼み、一応、その内諾を得てから、もう一度、小笠原社長に、連絡をした。

小笠原社長の働きで、銀座三丁目にあるMという画廊で、中島英一のジオラマ作品の展示会が、五月三日から九日まで、一週間にわたって、開かれることになり、四月二十五日の、新聞に広告も、載った。その宣伝文句の作成には、十津川も参加した。

出来上がった宣伝文句は、次のようなものだった。

「先日、不慮(ふりょ)の死を遂(と)げた中島英一さんの死を、悼(いた)む空気は、日本じゅうにあふれています。三十四歳という、若さでした。

中島さんは、知る人ぞ知る模型、ジオラマの世界の、第一人者でした。

中島さんは、毎年行なわれるジオラマコンテストで、二年連続優勝しました。

今年も作品を作っていたのですが、これが、何者かによって燃やされてしまいました。

今回、中島さんの友人二人が、中島さんの描いたジオラマの、設計図に従って、燃やされたジオラマと、まったく同じものを作り上げました。

どんなジオラマを、中島英一さんが出品しようとしていたのか、それを、知りたいファンの方も、多いはずです。

それで、このたび、五月三日から、一週間、銀座三丁目の画廊Mで、中島さんの問題のジオラマを、今までの中島さんの優れたジオラマと一緒に、展示することになりました。

期間は、五月三日から九日までの一週間、毎日午前十時から、午後五時まで見ることができます。

中島さんのファンの方はもちろん、そうでない方も、名人といわれた、中島さんの作ったジオラマを、ご覧下さるようにお勧めいたします」

これが、お知らせの文面で、銀座の画廊Ｍの地図も、それに添えられていた。

主催者は、ジオラマワールド社である。

そのお知らせが載った日の、午前中に、望月江美から、十津川に、電話が入った。

「今日の新聞を見たといって、今までに、もう二十三本もの電話による問い合わせが、来ていますわ」

江美の声は、弾んでいて嬉しそうだった。

「皆さん、どんなふうにいっているんですか？」

十津川が、きくと、

「二度と見ることができないと思っていた、中島さんの、最後のジオラマが見られるので、とても嬉しいとか、写真を撮りたいのだが、撮っても構わないかとか、残っていた設計図によって、中島さんの友人二人が作ったといわれるが、会場には、その設計図も、展示されるのかとか、ファンの方のいろいろな気持ちが、こちらに、伝わってくるような問い合わせです。反響が大きいので、ウチの小笠原社長も、とても喜んでいます。これで間違いなく、連日、多くの中島ファンが押し寄せてくるだろう。社長は、そういっていました」

「展示会が始まる前に、もう一度、あなたと打ち合わせがしたい」

と、十津川が、いった。

「それでは、私のほうから、捜査本部にお邪魔しましょうか？」

「いや、それは駄目です。今回の展示会に、警察が、からんでいるとわかれば、犯人は絶対に、見に来ませんからね。どこかで待ち合わせましょう」

展示会の行なわれる、銀座の画廊Mの近くにある雑居ビルの、二階にある喫茶店で会うことにした。

今回は、十津川も亀井を連れず、一人で行くことにした。犯人が、様子を、探りに来ている、可能性もある。屈強な中年男が、画廊周辺を、二人で歩いていれば、間違いなく、犯人に、怪しまれてしまうと思ったからだった。

十津川は、展示会を開く画廊Mの、図面を、江美に、持ってきてもらった。

コーヒーを飲み、ケーキを食べながら、テーブルに置いた、その図面を間に置いて、十津川は単刀直入に、江美に、こちらの希望を、伝えた。

「われわれは、犯人が、この、一週間のうちのいつになるかは、わかりませんが、必ず、中島さんのジオラマを、見に来ると確信しています。ただ、五月三日からの一週間の、いつに来るのかはわからないので、われわれ刑事は、この図面にある、奥の部屋で、待機したいと思っています」

図面を指さしながら、十津川が、いった。

「刑事さんは、何人、その部屋で、待機するんですか？」

「少なくとも、三人は、この部屋に控えていたいと、思っているのですが、可能ですかね？」

「三人なら、広さは、大丈夫だと思います」

「それでは、三人、待機させることにしましょう。ただ、人が入ってくるたびに、この奥の部屋からドアを開けて、いちいち、確認していては、怪しまれてしまいます。そこで、この会場のどこかに、監視カメラを備えつけたいのですが」

「前に、有名な画家の個展を、開いたことがあって、その時に、何百万円もするような絵が何枚も、展示されましたから、盗難を心配して、この画廊の二ヵ所に、監視カメラを、設置したそうです。ですから、監視カメラをつけることには、何の問題もないと、思います。どこにつけたらいいのかだけ教えてください。そうすれば、画廊の方と相談しますから」

と、江美が、いった。

「犯人は、問題のジオラマを見に、やって来るはずですから、そのジオラマは、できれば、入口付近ではなくて、いちばん奥に、飾っていただきたいのですよ。監視カメラは、そのジオラマの周辺が、よく見えるような場所に一台と、入口に一台、つけていただきたい。その監視カメラの画像を、三人の刑事が入ることになっている奥の部屋で、見られるようにして、いただきたいのも、もちろんです。それだけ、やっていただければ、大変ありがたい」

と、十津川が、いった。

「今度は、私のほうから、質問したいのですが、構いませんか?」

改まった口調で、江美が、いった。

「ええ、構いませんよ」

「実は、今日、十津川警部さんに、お会いすることを、中島さんの、妹さんにお話ししたんですよ。そうしたら、ぜひ、警部さんにきいてみてもらいたいと、頼まれたことがあるんです」

「妹さんが、私に、どんなことを、きいてこいと？」

「警察は、兄を殺した犯人を、どんな人間だと考えているのか？　犯人が、兄を殺した動機は何なのか？　三つ目には、容疑者は、もうわかっているのか？　この三つを、きいてきてほしいと、頼まれました」

「これは、あくまでも、私の勝手な想像だと思って、聞いてください。いいですか？」

十津川はコーヒーを口に運んだ。

江美はじっと、黙って、十津川の顔を見つめている。

「私は、いや、私たちは、中島英一さんが作ったジオラマは、天竜浜名湖鉄道の、天竜二俣駅がモデルになっているのではないかと、考えました。私と亀井刑事は先日、その、天竜二俣駅に行ってきました。中島英一さんが作ったジオラマと、よく似た駅の構図になっていました。転車台もありました。そのほか、駅舎とかホームとかの構造も、よく似ているんですよ。中島英一さんが、浜松の叔父のところに滞在していた、三日間に、この天竜二俣駅に、行っていることもわかりました。中島さんは、天竜二俣駅に行って、担当者に、質問したり、写真を撮ったりしています。そこで、私たちは、この天竜二俣駅で、何か、事件があったのではないかと思って、その点を調べていくと、ここで、若い女性が一人、死んでいることが、わかりました。その女性は、天竜二俣駅の近くで、死んでいるところを発見されたのです。死因は心臓発作でした。病死です。病死ですから、事件にはなっていないのですが、その後、調べていくと、彼女は、駅の近くで、死んだのではなくて、どこからか、運ばれてきたのではないか、という疑いが出てきたのです」

「もしかすると、ジオラマの中にあった、倒れている女性というのは、その女性の死体なんですか？」

「ええ、そうではないかと、私は考えているのですが、これも、私の勝手な想像でしかありません。たぶん、中島英一さんは、天竜二俣駅で降りた、その時に、駅舎の裏から覗いている、二本の女性の足を見たのではないでしょうか？　後になってから、心臓発作で駅の近くに倒れていた女性のことを聞き、あの時、駅舎の裏から覗いていた二本の足を思い出し、最初は、そこにあったのに、何者かが駅の外の路上に運んで、放置したのではないかと、考えたのだと、私は思ったのです」

「同じ女性だという、何か証拠のようなものを、警部さんは、お持ちになっていらっしゃるのですか？」

「ジオラマの、駅舎の裏に倒れている女性の人形ですが、中島さんは、実際の女性に合わせてフィギュアの服装を、作り変えたのではないかと思うのですよ。中島さんのマンションにあった、段ボール箱には、いろいろな人間のフィギュアが、入っていたでしょう？　その中に、出来上がったジオラマの中に倒れている人形と同じ服装のものは、一体もありませんでした。ですから、問題のフィギュアは、中島さんが服装を変えたのでしょう。その服装ですが、私が、天竜消防署に行って調べて聞いた、亡くなった女性の服装と、よく似ているのです。中島さんは、天竜二俣駅で死んだ女性とまったく同じ服装の、フィギュアを作って、駅舎の裏に、倒しておいたのではないでしょうか？　中島さんは、天竜二俣駅で降りた時に、向かい側の駅舎の陰から女性の二本の足が覗いているのを見たのです。そこには、死体が横たわっていて、その死体は、その後、駅の近くの路上に移された。病死ということになっていますが、誰かが、死体を移したとすれば、ひょっとすると、これは病死ではなくて、殺人ではないか？　中島さんは、そう思ったのですよ」

「亡くなった女性は、中島さんと、関係のある人なんですか？」

と、江美が、きいた。

「この日は二月十四日なんです」

「ああ、女性が、好きな男性にチョコレートをあげる日、バレンタインデー」

「ええ、そうなんですよ」

と、十津川は、微笑した。

「彼女の名前は、白井美咲。中島さんの高校の同級生で、中島さんは、昔、彼女が好きだったといわれていますが、中島さんは殺され、彼女は死んでしまっているので、確認はできません」

「私は、その話、信じたいと思います」

「その彼女ですが、彼女の母親の証言によると、最近つき合っている、男性ができたらしいというのです。二月十四日、彼女は、天竜二俣駅に、その新しい恋人に会いに行ったのではないでしょうか？　バレンタインデーですから、手作りの、チョコレートを持ってです。その相手というのは、ひょっとすると、中島英一さんでは、なかったのか？　ですから、中島さんも、その日に、天竜二俣駅に、行ったのです。ところが、嫉妬に狂った犯人が、天竜二俣駅で待ち構えていて、彼女を病死に見せかけて、殺してしまったのではないか？　私は、そんなふうに、考えたのですが、もちろん、証拠があるわけではありません」

「それが、二月十四日の出来事なんですね？」

「そうです。四月十日から、模型のコンテストが、幕張メッセで毎年行なわれることになっていて、中島英一さんは、いつも通り、そこに作品を、出す予定にしていた。そのジオラマの中で、中島英一さんは、二月十四日に、起きた事件について、自分が知っていることを組み入れようとしたのではないかと、思うのです。天竜二俣駅とそっくりの駅舎を作り、転車台を作り、駅舎の裏で倒れて死んでいる若い女性のフィギュアを作りました。ところが、何らかの、方法で、それを知った犯人は、天竜二俣駅の駅舎の裏手で彼女を殺したところを、中島英一さんに見られたのではないかという疑問を、抱いたわけです。犯行の模様を目撃したからこそ、中島さんは、それを再現するようなジオラマを、作ったのではないかと。それで、犯人は中島英一さんを呼び出して、多摩川の河原で殺し、彼が作ったジオラマを、壊して燃やしてしまったのです」

「その容疑者は、浮かんでいるのですか？」

「それは無理ですよ」

「どうしてですか？」

「さっきもいったように、今、あなたに、お話ししたことは、現段階では、全て、私の想像でしかないんですから」

十津川は、小さく肩をすくめた。

3

五月三日から九日までの一週間、銀座の画廊Mで、「故中島英一のジオラマ」

と題した個展が開かれることになった。入場料は五百円である。

オープンの前日の夜、十津川と亀井、それに、女性刑事の北条早苗の三人が、
その画廊Mの、裏口から中に入った。

すでに、会場の二カ所に監視カメラがセットされ、奥の部屋のモニターに、その画像が映るようになっていた。

奥の部屋は、六畳一間きり。水道とトイレ、それに、ガスコンロが一台あるから、別に困りはしないが、これから一週間、交代で、ここに泊まることになるだろう。

一週間分の食料やコーヒーなども、持ち込まれた。

念のために、十津川一人が、拳銃を背広の内ポケットに用意している。もちろん、万一の時の用心である。

「交代で眠ろう。まず最初は、北条刑事だ」

と、十津川が、いった。

4

五月三日。オープンの日。

画廊の前には、十五、六人の若い模型ファンというか、中島ファンが並んだ。

十津川にとって、見に来る人間の数の多さは、問題ではなかった。犯人が、会場に現われるかどうか、それが、問題なのである。

予想を超えて押し寄せるファンの多さに、もちろん、小笠原社長のほうは喜んでいた。一日目から、ほとんど途切れることもなく、若い模型ファンを中心に、たくさんの人が画廊に押しかけてきたからだ。

午後五時に画廊を閉めるまで、何事もなく終わってしまった。

二日目も同じだった。

新聞やテレビは、中島英一の人気のすごさにはビックリしたと書き、画廊に押しかけた若者たちの映像を、放映した。

しかし、十津川にとっては、空しく二日が過ぎたということでしかなかった。

三日目の五月五日は、午前中、久しぶりに雨が降った。そのせいか、前の二日に比べて、画廊を訪れた人数は、少なかった。

午後になると雨が止み、また、人数が増えた。

午後二時半頃、奥の部屋で、モニターを見ていた十津川は、入ってきた二十五、六歳の男に、注目した。

野球帽をかぶり、サングラスをかけている。しかし、そのことに、十津川は、注目したのではなかった。

十津川が気にしたのは、その男が、右手に、何か、空き缶のようなものを、持っていたからである。

(ガソリンか、灯油ではないのか？)

十津川が思った瞬間、男は、手に持った缶から、いきなり、画廊の奥に向かって、何かを撒いた。

ガソリンの匂いだ。

十津川は、奥の部屋から飛び出した。その瞬間、もう一人の男が、いきなり、火のついたタバコを、投げた。

炎が噴き上がった。

男に向かって、飛びかかろうとした十津川の目の前に、炎の壁が立ちふさがった。

十津川が、
亀井に、怒鳴った。

「裏口から出て、まわり込んで捕まえろ！」

その時、画廊の中には、五、六人の客がいたのだが、全員が、悲鳴をあげて、入口に向かって走った。

十津川は、北条早苗刑事と一緒になって、ケースの中から、問題のジオラマを取り出して、それを、奥の部屋に、運ぶのが精一杯だった。

裏口から飛び出した亀井刑事が、入口にまわり込んだ。

ガソリンを撒いた男と、それに火をつけた男が、大通りに、向かって逃げていく。

亀井が、その一人に、飛びついた。

5

逃げた二人の男のうちの一人は、自分の服に、火がついてしまい、逃げようとして転び、亀井刑事に逮捕された。もう一人は逃げてしまった。

画廊は、炎上し、消防車三台が駆けつけて消火に当たり、三十分後に鎮火した。

しかし、画廊の半分は、焼け落ちてしまい、例のジオラマは、十津川と北条刑事が、運び出したので、何とか、延焼を免れたが、ほかのジオラマのうち三つが、無残にも燃えてしまった。

逮捕された男は、田園調布署に、設けられている、捜査本部に連行され、十津川と亀井の二人が、尋問に当たった。

年齢は二十五、六歳。ジーンズにジャンパーという格好だが、そのジャンパーが、自分たちのつけた火で、焦げてしまっている。

名前をきいても、住所をきいても、男は黙秘したままで、答えようとしない。

「君がガソリンを撒いて、もう一人が、タバコに火をつけて放り投げた。あの男と示し合わせて、画廊に火をつけたんだな？」

十津川が、きいても、男は、黙り込んだままだった。

指紋を採って、警察庁の記録と照合したが、その中には、見当たらなかった。

夜の十時を過ぎても、十津川たちの尋問は続いたが、男は、頑なに押し黙り、一言もしゃべろうとはしない。

そこで、いったん、尋問は中止された。

「この二人が、中島英一を殺した犯人でしょうか？」

亀井が、取調室のほうを見ながら、十津川にきいた。

「私にもわからんよ」

「あの男が、もう一人の男と一緒になって、画廊に火をつけ、中島英一の友人二人が作った例の、ジオラマを燃やしてしまおうとしたのは、間違いありませんよ」

亀井が、強い口調で、いう。

「だからといって、中島英一を殺した犯人だとは、断定できない」

十津川は、慎重に、いった。

「この二人が、犯人ではないと、仮定してなんですが。警部と二人で、天竜二俣駅に行って、いろいろと調べた時、今年の、二月十四日、バレンタインデーの日に、天竜二俣駅近くで心臓発作を起こして病死した女性が、いたことがわかりました。中島英一が好きだったという白井美咲です」

「ああ、白井美咲だ。一度結婚したが、昨年、離婚した。そのことを中島英一が、昨年の暮れに、きいてきたので、教えたと、中西大介という、小島の友人の医者が、われわれに、話してくれた」

「その白井美咲が離婚した相手、元の夫が、怪しいのではありませんか？　バレンタインデーの二月十四日に、別れた妻の白井美咲に対して、腹を立てて、何らかの方法で、心臓発作に、見せかけて、殺してしまったとすれば、その男が中島英一を、殺したとしても、おかしくはありません」

亀井が、いった。

「実は、白井美咲のことを教えてくれた、中西大介という医者なんだがね、その後も私に、何度か電話をしてきて、白井美咲と別れた夫について、いろいろと、教えてくれたんだ。夫の名前は、安藤晴彦（あんどうはるひこ）、三十六歳だ。この安藤は離婚してすぐ、再婚しているんだよ」

「再婚しているわけですか？　再婚して、現在は、何をやっているんですか？　安定した仕事を、やっているんですか？」

「これも、中西という医者が、教えてくれたことなんだが、安藤晴彦は、再婚した後妻と一緒に、浜松で、喫茶店を経営しているということだ。一応、成功しているらしい。この安藤晴彦の写真も、頼んで送ってもらってある」

十津川は、そういって、その写真を、亀井に見せた。

三十代半ばの男の顔で、放火容疑で逮捕した男とは、違っていた。

「違いますね」

少しガッカリしたような声で、亀井が、いった。

「ああ、違う。まったく違うんだ」

「だとすると、警部、二月十四日に、白井美咲を殺したのは、この安藤晴彦とは、違う男ということになりますか？」

「そこまでは断定できない。安藤晴彦が、現在再婚して、安定した仕事を、やっているとしても、だからといって、別れた白井美咲に、まったく未練がないとは、断定できないからね」

6

翌日になって、黙秘を続けていた男の身元が、簡単に割れた。

男の身元を教えてくれたのは、ジオラマワールド社の社長、小笠原だった。

小笠原は、捜査本部にいる十津川に電話をかけてきて、

「今、そちらに捕まっている男がいるでしょう? 火をつけて、画廊の半分を燃やし、それから、中島英一の大事なジオラマ三つを燃やしてしまった男ですよ」

「いることはいますが、逮捕してからずっと、黙秘を続けていますよ。何をきいても返事をしません。ですから、いまだに、身元はわかりません」

十津川が、いうと、電話の向こうで、小笠原は、

「名前は渡辺義男(わたなべよしお)といって、今年で二十八歳になる男です。現在、北千住(きたせんじゅ)の駅近くの、マンションに住んでいます」

「どうして、社長は、男の身元を、知っているんですか?」

「十津川さん、私は、ジオラマワールドの社長ですよ。東京に住んでいて、鉄道模型や、ジオラマなどを作っているグループや、中堅どころの、腕を持っている人間の名前なら、だいたい全部、知っているんです。渡辺義男という男も、いってみれば、中堅の模型、ジオラマの作り手で、ウチが主催しているコンテストにも、仲間と一緒に、ジオラマを出品してきているんです。その作品は十位以内には、入りませんでしたけどね」

と、小笠原が、いった。

「今いわれたことは、間違いありませんね？」

十津川が、念を押すと、

「ええ、間違いないですよ。画廊に設置した、監視カメラのビデオ画像の姿を見て、すぐに、ピンときました。渡辺義男です。それにしても、渡辺のヤツ、画廊に火をつけやがって。その上、亡くなった、中島英一の大事なジオラマを、三つも燃やしやがって。とんでもないヤツですよ。できれば、そっちに行って、殴りつけてやりたいような気持ちですよ」

大きな声でいって、小笠原は、電話を、切ってしまった。

十津川は、すぐには、尋問を再開せず、わざと一日経った翌朝早く、取調室でもう一度、男と会った。

「君の名前が、わかったよ。渡辺義男、二十八歳。そうだな？　君が、どうして、あの画廊に放火したのかも、わかったぞ。情けないヤツだ。鉄道模型を作ったり、ジオラマを作ったりする自分の腕が、中島英一よりも劣るものだから、ヤキモチを、焼いて、あの画廊に火をつけて、中島英一のジオラマを燃やしてしまおうと、思ったんだろう？　違うか？」

十津川が、わざと、吐き捨てるようにいうと、今まで黙秘を続けていた男が、突然、机に突っ伏して、泣き出してしまった。

激しく嗚咽しながら、

「俺が、俺が」

と、切れ切れに、いう。

「やはり、そうなんだな？　いくら、努力しても、中島英一には、到底かなわない。それが動機なんだな？」

十津川は、押しかぶせるように、いった。

それから後は、今まで、黙秘を続けていたのがウソのように、渡辺は、やたらに早口で、自供を始めた。

逃げた男の身元も、判明した。浜田正巳、三十歳。

「俺と浜田は、北千住にある模型店で働いていた。二人とも、生まれつき、器用だったので、その店では、キットを、組み立てて、完成品として高く売っていた」

「毎年四月十日から、幕張メッセで開かれる模型と、ジオラマのコンテストには、君も、仲間の浜田も応募していたんじゃないのか？　だが、一度も、入賞したことがない。そうじゃないのか？」

「ああ、俺も浜田も、毎年、あのコンテストには、応募していたよ。ところが、優勝はおろか、十位以内にも、入ったことがない。悔しかったし、腹が立った」

「そうだろうな。特に、二年も続けて優勝した中島英一には、腹が、立ったんじゃないのか？」

「ああ、そうだ。その中島が、この間、死んだ。押さえつけられていたものがなくなったんで、喜んでいたら、銀座の画廊で、中島英一のジオラマ展をやるという。その上、ファンが、たくさんやって来て、毎日混雑しているというじゃないか。死んでまで、俺たちを、バカにするのかと思ったら、許せなくなってきた」

渡辺が、いった。

渡辺義男の仲間、浜田正巳も、警察に出頭してきた。仲間の渡辺が、捕まってしまったので、もう逃げられないと思ったのだろう。

浜田の供述も、渡辺と一致した。四月十日の、朝の、アリバイもあった。

銀座の画廊を、放火した事件は解決したが、十津川は、喜べなかった。自分たちの追っている事件の解決が、逆に遠のいたような気がしたのである。

十津川は、念のために、渡辺義男と浜田正巳の二人に、二月十四日、天竜二俣駅で亡くなった、白井美咲の写真と、白井美咲が、結婚していた安藤晴彦の写真、その二枚を見せて、会ったことがあるか、あるいは、名前を聞いたことがあるかと、きいたのだが、渡辺義男も浜田正巳も、写真の顔は知らないし、名前を聞いたこともないと、主張した。

その言葉に、ウソはなさそうである。

問題は、この後の、捜査だった。

銀座の画廊を使った中島英一のジオラマの展示会は、一週間を予定していたのに、三日目の、放火によって、あとの日程が無駄になってしまった。

展示会には、中島英一のジオラマが、五点展示されていたのである。

問題のジオラマ、前年、前々年と、二年続けて、優勝した時のジオラマ、それと、中島英一が、まだ、十代の頃に作ったという、幼い感じのジオラマ二つも、合わせて展示していたのだが、そのうちの三つが焼けてしまった。

幸い、問題のジオラマは無事だったが、そのジオラマを、今後どうするかが、捜査会議での、議論になった。

捜査会議の冒頭、三上本部長が、

「今回の展示会を考えた十津川警部に、今後、これをどうするのかを、きいてみたい」

と、いった。少しばかり、皮肉の入った口調である。

「今回、この展示会が、中島英一殺しの犯人を誘い出すエサになるのではないかと、期待したのですが、残念ながら、失敗してしまいました。しかし、私は、完全な失敗だとは、思っておりません。肝心の犯人が現われる前に、中島英一の才能を、嫉妬した男二人が、放火してしまったので、失敗しましたが、この二人が現われなければ、必ず、犯人が、あの会場に現われただろうと、今も、考えています。画廊が焼け、中島英一が作った貴重な、ジオラマも、三つ焼けてしまいました。しかし、問題のジオラマは、無事です。中島英一を殺した犯人は、間違いなく、このジオラマの存在を気にしていると、今も、信じています。なぜなら、中島英一を殺すと同時に、彼が作ったジオラマを、燃やしてしまっているからです。つまり、犯人にとって、中島英一を、殺すだけでは、自分の気持ちの全てを晴らしたことには、ならないのです。犯人にはどうしても、中島英一の作ったジオラマも、燃やしてしまう必要があったのです。犯人には今でもなお、あのジオラマを燃やしてしまう必要があるに違いないのです」

「しかし、展示していたジオラマは、全部で、五つしかなかったんだろう？　そのうちの四つは、殺された中島英一が作ったが、肝心の一つは、中島英一の友人が、作ったジオラマだろう？　今度の火事で、その中の三つが、焼けてしまった。展示できるジオラマは、二つしか、残っていないんじゃないのかね？」

「ええ、その通りです。それで困っています。たった二つでは、前のように、展示会を開いても、人々は、集まってこないかもしれません」

「それはそうだ」

「私も本部長と、同じように、ジオラマが、二つしか残っていないことに悩んでいます。たった二つでは、展示会を開いても、人は集まらないでしょうし、集まらなければ、犯人も現われない可能性が、強くなります。それでも、何とか、問題のジオラマを、生かしたいのですよ。どうしたらいいのかを、今、考えている最中です」

十津川が、いった。

結局、この日の捜査会議では、結論は出なかった。

十津川は、会議が終わってからも、一人で考え込んだ。

問題のジオラマは、十津川と、北条刑事の二人で、火災現場から、無事に運び出して、現在は、捜査本部に、置かれている。そのジオラマを見ながら、十津川は、考え込んでしまうのだ。

亀井が、心配して、そばにやって来た。

「あのジオラマと、もう一つ、焼け残ったジオラマがあるんですね？」

亀井が、声を、かけてくる。

「もう一つは、中島英一が、中学生の頃に、作ったというジオラマだよ。それと、問題のジオラマの、二つだけしか、残らなかったんだ。いちばん人気のあると思われる、二年連続して優勝した時のジオラマ二つが、どちらも燃えてしまった」

「ほかに、中島英一が作った、ジオラマはないんですか？」

「ジオラマワールド社の、小笠原社長や、社員の望月江美の話では、作り置きが、あと五、六個は、あるそうなんだが、その五、六個は、コンテストで、優勝したものではないし、中学生の時に作ったジオラマという特別なものでもない。マニアに、買い取られた、作品はあっても、それらは、使えない。だから、その五、六個をプラスして、もう一度、展示会を開いたとしても、客を呼ぶ力は、大きくないと思うんだよ」

「しかし、犯人を、逮捕するのに、残ったジオラマが使えないとなると、残念で仕方がありませんね」

「そうなんだ。だから、何かに使いたい」

十津川も亀井も、考え込んでしまっていたが、しばらくして、亀井が、

「警部、例えばですが、こんな手はどうでしょうか？　問題のジオラマを競売にかけると、マスコミに、発表してみるのです」

「競売か？」

「そうですよ。今回の火事で焼け残ったということを売りにして、中島英一のファンに対して、競売にかけるんです。インターネットを使ってでも、構いませんが、それを、発表すれば、たぶん、多くの問い合わせが来ると、思うのです。その中に、犯人が、混ざっている可能性もありますよ」

亀井が、強い口調で、いった。

「しかし、競売にするには、本当に売らなければならなくなる。買った人間が、犯人なら、事件解決に、結びつくが、事件とはまったく関係もない、ただの、中島英一のファンが、買ってしまったら、どうなるんだ？」

「ですから、買い手がついても、ほかに高値が出たことにして、競売に参加してきた人間のことを、調べさせてもらう。そうすれば、犯人を、捕まえられるかもしれませんよ」

亀井が、いった。

「そうだな。今、カメさんのいったことが、今のところ、いちばんいい方法かも、しれないいな」

十津川は、亀井に、賛成した。

第四章　インターネット

1

十津川は、慎重に事を運ぶことにした。

犯人が、問題のジオラマを、気にしていることは、まず間違いない。だからこそ、製作者の中島英一を殺し、同時に、彼が作った問題のジオラマを、燃やしてしまったのである。

中島英一が残しておいた設計図が、見つかったことで、燃やされたジオラマとまったく同じものが、今、出来上がっている。おそらく、犯人は、そのことを、知って、気にしているだろう。

だから、今でも、問題のジオラマは、犯人をおびき出すエサになると、十津川は、確信している。

問題は、どうやって、犯人をおびき出すかである。相手も、用心深くなっているはずだ。最初から罠だとわかってしまえば、犯人は、そう簡単には、飛びついてこないだろう。

インターネットを使って、問題のジオラマを、売りに出したらどうかという亀井の提案には、十津川も、賛成だった。たしかに、この方法なら、犯人の警戒心も、緩むかもしれない。

ただ、できるだけ、自然な形で、売りに、出さなければならない。犯人が、警戒をしないような形で、インターネットでの売買をする必要がある。

(第一の問題は、誰の名前で、売りに出すかということだな)

と、十津川は、思った。

その点を、十津川が、亀井と、ジオラマワールド社の望月江美に相談すると、

「ジオラマワールド社の名前を、使って売りに出せば、まず間違いなく、犯人に警戒されてしまうと、思いますよ。ジオラマワールド社にとって、中島英一のジ

オラマは、いわば宝ですから、それを、売りに出すというのは、いかにも不自然です」

と、亀井がいい、望月江美も、笑いながら、

「ウチとしては、中島英一さんのジオラマは、大金をはたいても、欲しいジオラマですから、ウチが、それを、売りに出すというのは、亀井さんがおっしゃるように、たしかに、おかしいです。この世界の事情を知っている人なら、誰もが、そう思うんじゃないでしょうか？」

「そうなると、やはり、中島英一さんの、妹のあかねさんの名前を使って、売りに出すのが、いちばんいいかもしれないな」

十津川は、望月江美に、目をやった。

「でも、十津川さん、妹の、あかねさんの名前で売りに出しても、犯人は、不審に思うかもしれませんよ」

という意見が出た。

「なぜです？」

「だって、あかねさんと、亡くなった英一さんとは、二人だけの、兄妹だし、

このジオラマは、あかねさんにとって、その亡くなったお兄さんの、形見のようなものでしょう？　そんな大切なものを、妹のあかねさんが売りに出すというのは、やはり、少しばかり不自然なような気が、するんです。犯人も、そう考えるのではないかと、思いますけど」

　江美が、いった。

「もちろん、その恐れがありますから、少し工夫をするんですよ」

　十津川が、いった。

「どんな工夫を、するんですか？」

「インターネットで売りに出す時に、あかねさんの名前で、短い文章を、載せてもらいます。例えば、こんな具合です。これは、いわば兄の形見ですが、見ていると、辛くなります。ですから、どなたか、兄の作品が好きな方、大事にしてくださる方がいれば、お譲りしたいと、思います。こんな文章を載せれば、犯人は、疑いを持たないんじゃありませんかね」

　十津川の意見に、亀井や望月江美も、賛成して、インターネットで、問題のジオラマを売りに出す時、名前を妹の中島あかねとして、それに載せる言葉を全員で考えることにした。

その文章が出来上がった。

「私は、先日亡くなった中島英一の妹、中島あかねです。

二人だけの兄妹でしたから、突然、兄を失った悲しみは、言葉では、とても、いい表わせません。

今、私の目の前に、兄のジオラマが、あります。

もともと、私には興味がありませんので、このジオラマが、素晴らしいものなのか、それともダメなものなのかわかりませんが、いずれにしても、このジオラマを見るたびに、死んだ兄のことを、思い出して辛くなります。それで、私は、どなたか、ジオラマについて詳しい方、兄の英一の作品を、大切にしてくださる方にお譲りしたいと、思います」

ジオラマの写真も、インターネットに、載せることにした。

十津川が第一に、心配したのは、犯人が、ネット上で、ジオラマを買おうとせず、中島あかねを襲い、ジオラマを、奪おうとするのではないかということだった。その可能性は、かなり高い。

そこで、今、マンションに、一人で住んでいる、中島あかねの部屋に、女性刑事の北条早苗を、しばらくの間、一緒に、住まわせることにした。

また、マンションの管理人室には、西本と日下（くさか）の二人の刑事を、中島あかねの警護のために、常時詰めさせることにした。

さらにもう一つ、十津川が、気になったのは、中島あかねが、東京駅近くの設計事務所に勤めていることだった。その通勤途中の心配である。

しかし、だからといって、中島あかねが事務所に通わず、マンションに、ずっと引きこもっていたら、かえって犯人に怪しまれてしまうだろう。犯人を罠にかけるためにも平日は、あかねは、いつもの通り、その設計事務所に行く必要がある。

そこで、通勤の往復を、刑事二人で、警護することにした。

五月十日、インターネットに、問題のジオラマを売りに出すという広告が掲載された。

十津川たちは、捜査本部のパソコンで様子を、見ることにした。

亀井が、いった。

「果たして、犯人が、このエサに、食いついてくるでしょうか？」

「私は、犯人が、警戒しながらも、このジオラマを、何としてでも、手に入れようとするだろうと思っている。前に、中島あかねに会った時に聞いたんだが、彼女は、兄の中島英一の作ったジオラマには、まったく興味がないといっていた。どうやら、それは、本当らしい。もし、今回の犯人が用心深ければ、広告を出した中島あかねのことを調べるだろう。その時、今のエピソードを知って、警戒を解くんじゃないかと、私は判断するんだがね」

と、十津川が、いった。

五月十日に、インターネットに広告を載せた途端、その日のうちに、三件、そして、翌日の十一日には、四件の、購入希望者が名乗り出た。

「中島英一さんは、私にとって、神様ともいえる人です。ぜひとも、私に、神様の形見を譲ってください」

というメッセージを寄越した人もいたし、また、

「私は今、仲間と一緒に、大学で、造形の勉強をしています。そんな私たちにとって、中島英一さんは、憧れの人でした。レプリカであっても、教材として中島英一さんのジオラマを購入し、それを手本にして、自分たちの研究に役立てたいと考えています。ぜひ、私たちに、中島英一さんの作ったジオラマを、譲っていただけませんか？　ただ、私たちは学生ですので、そんなに高い金額は、お支払いできません」

といったメッセージを、送ってきた学生もいた。

三日目もさらに、増えて、六件の購入希望者があった。

十津川は、改めて、中島英一という人間の才能に驚いたが、一応、競売の形をとるが、もし、希望者が多い時には、抽選で、購入者を決定すると書いておいたから、三日目までに、申し込んできた十三人に対応して、今すぐ答えなくてもいいことになっている。

（この十三人の中に、犯人はいるのだろうか？）

十津川が、考えていると、亀井が、

「いつ、抽選会をやりますか？」

と、きく。

「そうだな、広告掲載後十日を、一応の目途にしておこう。十日経ったら、申し込んできた人たちを、一堂に集めて抽選会を開きたい。その中に犯人がいれば、われわれの勝ちになる」

「しかし、全員を一堂に集めて抽選会を開くということになると、その中に犯人がいたら、間違いなく、逃げ出しますよ」

亀井が、いった。

「それなら、逃げ出したヤツが、犯人なんだ。そのほうが、わかりやすいんじゃないか？」

と、十津川が、いった。

しかし、十津川は、ただいたずらに、インターネットによるジオラマの競売に、全てを賭けているわけではなかった。

今回の事件の、犯人の動機は、中島英一の、模型作家としての、名人級の腕に、嫉妬したばかりではなく、二月十四日、バレンタインデーの日に、天竜二俣駅の近くで死んだ白井美咲の一件から始まっていると、十津川は、見ている。

白井美咲の死は、地元の静岡県警によって、病死と、判断されてしまったので、現在、静岡県警は、この件を事件として、捜査していない。

十津川は、白井美咲の死は病死ではなくて、殺人に違いないと確信していた。だからこそ、その後、東京で、中島英一という、模型作りの天才が殺され、彼の作ったジオラマが燃やされてしまったのである。

二月十四日の、天竜二俣駅での白井美咲の死が本当に病死ならば、おそらく、東京の殺人事件は、起きなかっただろう。

「今もいったように、インターネットによるジオラマ販売については、一応、五月二十日で、締め切って、その後、応募者全員を一カ所に、集めて、抽選会を開くことに決めておきたい」

と、十津川は、いった後、

「それまでに八日間の余裕があるから、その八日間に、もう一度、白井美咲について調べてみたいと思っている」

その十津川の気持ちを促すように、静岡県警から、一枚の写真が、送られてきた。

それは、天竜二俣駅の近くの道路上に、倒れていた白井美咲の写真だった。

静岡県警からの手紙が添えられていて、それには、こうあった。

「十津川警部から、ぜひ、死んだ当日の白井美咲の服装について知りたいという要望がありました。こちらとしては、何とか、白井美咲の写真を、手に入れたいと思い、今まで苦労しましたが、やっと、一枚だけ、入手しました。

これは、二月十四日、道路上で、倒れている白井美咲の写真です。

もし、そちらの捜査に役立つのであれば、幸いです」

十津川が、二月十四日、事件当日の白井美咲の写真が欲しいと、協力要請したのは、その日の彼女の服装が、知りたかったからである。

彼女のことが、好きだったといわれる中島英一は、天竜二俣駅のジオラマを作り上げた。

そのジオラマの中には、駅舎の裏で倒れている若い女性のフィギュアが、添えられていた。普通のジオラマには、まずあり得ない。

もし、フィギュアの服装と、二月十四日に死んだ白井美咲の、当日の服装が同じならば、中島英一は、その日、駅舎の裏に倒れている白井美咲を、美咲本人とは思わずに、最初は、目にしたのではないだろうか？

ところが、気になってもう一度、確認しに行ったところ、その女性は、消えていた。その後、やはり、白井美咲だったと知り、その上、駅舎の裏ではなく、駅近くの道路上で、死体で発見された。何者かが、死体を移したに違いない。死体を動かしたのは、十中八九、犯人だろう。

中島英一は、そう考えて、四月のコンテストに、駅舎の裏に、死体のあるジオラマを作った。そのジオラマで応募し、優勝をして、話題になることで、彼女を殺した犯人を、挑発するつもりだったに、違いない。

白井美咲は、静岡県警で、病死として処理され、駅舎の裏に倒れていた、ということも、証明できない。

中島は、自分の身を、犯人を、おびき寄せる、囮（おとり）とするつもりだったのだろう。

しかし、服装が同じでなければ、十津川の想像は、根拠が、なくなってしまう。

だから、二月十四日当日の、白井美咲の写真が欲しかったのだ。

亡くなった彼女の服装については、言葉として聞いたことが、十津川にもあった。

しかし、それは、母親が、娘の気に入っていた服として、棺に入れ、荼毘に付してしまったので、事実かどうか、確認のしようがない。

死亡当日の、白井美咲の写真があれば、確認できるのだ。

静岡県警から送られてきた写真は、白井美咲が、道路に倒れている写真である。

十津川は、その写真の横に、中島英一が作ったものと、同じフィギュアを、並べて置いた。

「同じですね」

十津川のそばで、亀井が、大きな声を出した。

たしかに、まったく同じだった。

厚手のライトブルーのコートも、マフラーも、その下の白いセーターも、チェックのスカートも、ハイヒールもである。そして髪形も。

おそらく、中島英一は、白井美咲と同じ服装のフィギュアを作って、ジオラマの中に置いたのだ。それも駅舎の陰に。

「普通に売っている女性のフィギュアの中に、こんな服装をしたものは、見たことがありませんよ」

亀井が、いった。

「中島英一は、市販のフィギュアを買ってきて、一生懸命作ったハイヒールを履かせ、スカートを穿かせ、セーターとコートを着せたんだ。髪形も変えた。中島英一が自分で作ったジオラマを利用して、白井美咲を殺した犯人に対して、俺はいろいろと知っているぞと、脅かしたに等しい」

「それで、中島英一は、犯人に、殺されたんですね？」

「その通りだ。これで、一連の事件が、私の想像通りにつながったぞ」

十津川は、満足そうに、いった。

十津川と亀井は、天竜浜名湖鉄道の、天竜二俣駅に、もう一度、行ってみることにした。

天竜二俣駅は、まったく変わっていなかった。

相変わらず、古びた昔のままのたたずまいの駅舎、昭和十五年から、動いているという転車台は、あの時とまったく変わらないと、十津川は、思ったのだが、駅員から妙な話を聞かされた。

「最近、駅舎の裏に幽霊が出るというウワサが、広まっているんですよ。見たという人は、若い女の幽霊だといっていますが」

「あなたは、その幽霊話を、信用しているんですか？」

十津川が、きくと、その駅員は、

「私は、幽霊なんてものは信じないほうですが、ここに来て、何人もの人間が、その幽霊を見たといい出しましてね。それで、少しばかり、気になっています」

「何だか、急に、幽霊話が生まれたみたいですね？」

「そうなんですよ。誰かが、意図的に、ウワサを流しているんじゃないかと、私なんかは思っているんですが、今もいったように、何人もの人間が見たといっていますからね。この駅に、手紙を送ってくる人もいるんですよ」

「どんな手紙ですか？」

「昨日自分は仕事の都合で、天竜二俣駅に行ったが、午後八時過ぎに、駅舎の裏で、若い女性の幽霊を見た。あれは、怨念(おんねん)があって出てくるのだから、ぜひ、天竜二俣駅で供養をして、もう二度と、幽霊が出ないようにしたほうがいい。そんなことを、書いた手紙を送ってきたりしているんです」

「それで、誰の幽霊かは、わかっているんですね？」

「もちろん、わかっていますよ。最近、この駅の周辺で死んだ女性といえば、二月十四日に、駅近くの道路上に、倒れていた白井美咲という女性しか、いませんからね。その女性の幽霊であることは間違いありません」

駅員は、暗い顔で、いった。

「地元の警察は、その件に関して、何かいっていますか？」

亀井が、きいた。

「警察は、何も、いっていませんよ。何しろ、幽霊の話ですからね。こちらとしても、警察に、駅に幽霊が出るから、逮捕してくれともいえませんからね」

駅員は、笑った。

別れしなに、その駅員は、こんなことも、十津川に知らせてくれた。

「警察には話しませんでしたが、地元の新聞が、この幽霊話を取材して、記事にしましたよ」

十津川たちは、その新聞社、天竜新報社に、寄ってみることにした。

二人は、受付で、警察手帳を示し、天竜二俣駅の幽霊話の記事の載った新聞を見せてもらった。

「若い美人の幽霊は、何を訴えているのか？」

これが見出しで、記事のほうは、次のようになっていた。

「最近、天竜二俣駅の構内に、若い女性の幽霊が出るというウワサが、地元住民の間に、広まっている。そこで、記者は、真相を確かめるべく、昨日、天竜二俣駅に、行ってみた。

たしかに、駅舎の中に、若い女性の幽霊が出るというウワサは、実際に生まれていた。幽霊を見たという人も何人かいる。

その人たちを、取材したところ、もっぱら駅舎の陰で、その幽霊に出会うという。目撃者に描いてもらった、その幽霊の絵が、これである。

間違いなく、この幽霊は、今年二月十四日、バレンタインデーの日に、天竜二俣駅近くの道路上で、死んでいた、白井美咲さんであると、思われる。

遺体発見の二月十四日の段階で、警察は病死と断定したため、その後、一切の捜査をしていない。白井美咲さんの幽霊が出るということは、警察が判断した病死について、彼女が、異議を唱えるために、幽霊となって出てきている、私は、そんな気がした。

だが、警察が、この事件を、再捜査する様子はまったくない」

十津川は、この記事を書いた川上という記者に会った。

「この幽霊話ですが、取材したあなた自身は、どう思いますか?」

十津川が、きくと、川上記者は、笑いながら、

「これは、明らかに、誰かが、意図的に流したウワサですよ」

「しかし、幽霊を見たという人が現実にいるわけでしょう?」

「たしかに、いることは、いますがね、話を聞いてみると、幽霊が出るというウ

ワサが頭にあって、自分でも見たという錯覚に陥っていることがわかりました。ですから、今もいったように、誰かが、故意にあのウワサを、流しているんですよ」

「幽霊の正体は、二月十四日に、駅の近くで死んでいた白井美咲という女性だと、
記事の中には書いてありますが、それについては、どう思いますか？」

「二月十四日に死んだ女性の、幽霊だということは、たしかですよ。私が考えるには、白井美咲という女性の死を、簡単に、病死として片付けてしまった地元の警察に対して、誰かが、抗議の意味で、幽霊騒ぎをでっち上げているのではないかと、思いますけどね。ただ、誰が、抗議をしているのかはわかりません」

川上記者が、いった。

彼に、礼をいって、天竜新報社を出た後、十津川と亀井は、タクシーを拾って中島英一の叔父、木村がやっている鰻の店「うな吉」に行った。そこから、以前話を聞いた、中島英一のN高校の同級生に、連絡を取って、「うな吉」に来てもらうことにした。

しばらくすると、浜松市内で自動車の修理工場をやっている向井肇、総合病院

の外科医、中西大介、そして、今は、主婦になっている大森晴香の三人が「うな吉」にやって来た。

十津川は、彼らに、天竜二俣駅で、駅員から、最近、幽霊が出ることを聞いたと告げた。

「その幽霊というのが、どうやら、今年の二月十四日に、天竜二俣駅の近くで、死んでいた白井美咲という、女性らしいというんですよ。白井美咲さんといえば、あなた方の、仲間だったジオラマ作りの名人、中島英一さんが、好きだった女性ですよね？　天竜二俣駅に、その白井美咲さんの幽霊が、出るというのですが、それについて、取材をした地元新聞の記者によると、このウワサは、何者かが意図的に流したものではないかと、いうんです。それで、皆さんにおききするのですが、天竜二俣駅付近で、現在、ウワサとして流れている白井美咲さんの幽霊の目撃談は、皆さん方が、わざと流したものじゃないんですか？」

十津川の質問に、三人は、顔を見合わせていたが、しばらくすると、その中の一人、向井が、ニヤッと笑って、

「その通りです。僕たち三人が、天竜二俣駅に行って、白井美咲の幽霊話を、流

したんですよ。誰も信じないだろうと、思っていたんですが、その後、地元の新聞に載りましたからね。人間というものは、意外と幽霊話を信じるものなんだと、こちらのほうが、ビックリしました」

「どうして、皆さんは、幽霊話を、でっち上げて、流したりしたんですか？」

亀井が、きくと、今度は、中西大介が、答えた。

「以前にも、お話ししましたが、私たち三人と、死んだ中島英一とは、浜松のN高校の同級生です。学校じゅう、みんな、仲がよかったのですが、私たちは、中でも特に親しかった、いわゆる四人組で、学校の中でも、外でも、いつも、つるんでいましたよ。卒業してからも、時々、電話で話したり、会ったりしていたのです。十津川さんが、来られた後、白井美咲の死は、病死ではなく、中島の殺人事件にも、からんでいるのではと、私たちも、思うようになったのです。彼女が、結婚した後ですが、中島が、彼女のことを、本気で好きだったということがわかったんです。高校の時に、一、二度は、デートまがいのことを、したことは、知っていましたが。ところが、中島という男は、ジオラマ作りに関しては、天才といわれるぐらいの才能を持っているのですが、女性に関しては、見ているこちらが、歯痒くなるくらい、何もできない、いってみれば、シャイな男でしてね。卒業後も、モタモタしていて、好きな彼女に向かって、何もできないでいるうちに、白井美咲が、結婚してしまったんですよ。それがわかった日に、われわれ三人が東京に行って、落ち込んでいた中島を慰めるために、朝まで、どんちゃん騒ぎをやりました。ところが、その騒ぎの途中で、中島のヤツが、突然、泣き出しましてね。こんなことをいうんですよ。彼女が好きだということを、手紙に書いた。もっと早く、それを彼女に送っておけばよかった。そうすれば、彼女が、結婚することはなかったはずだと。私が、そのラブレターは、今もあるのかと、きくと、今も机の中に、入っている。そういうもんですから、中島が、どんなラブレターを書いたのかと、興味を持ちましてね。私は、強引に取り上げたんです」

と、中西が、いった。

「それで、どうなったんですか？」

「その日は全員が酔い潰れてしまって、私は、中島に、ラブレターを返すことをすっかり、忘れてしまったのです。その白井美咲が、去年の春、離婚して、その暮れに、中島は、私に、白井美咲が、離婚して、実家に、帰ってきているという、ウワサを聞いたが、本当かと、電話してきたことも、すでに、お話ししてありますが、やたらに、嬉しそうでした。だから、私は、今でも中島のヤツは、白井美咲のことを、愛しているんだと思いましたね」

「そのラブレターは、今、どうなっているのですか？」

「返そうと思って探したのですが、見つかりませんでした。それが、今日、もう一度探してみたら、十一年ぶりに、出てきたんですよ。これが、そのラブレターです」

中西は、少し、黄色く変色している封書を、十津川の前に置いた。

そこには、世田谷区代田×丁目のマンションの部屋番号と、白井美咲様という宛名が、書いてあった。

十津川は、中西医師に断わってから封を開け、中の便箋の、文字に目をやった。

便箋には、パソコンで打たれたと思える文字が並んでいた。

〈あなたに、何度、電話をかけようと思ったかわかりませんが、しかし、私には、その勇気がありませんでした。

昔から、私は、電話とかメールとかが苦手なのです。女性に対して、電話やメールを送ったことは、一度も、ありません。

それで、あなたに、手紙を書くことにしました。

高校卒業後、あなたの姿を見たのは、去年の三月三日が初めてでした。雛祭りの日に、ジオラマの作品コンテストのパーティが、東京の、Nホテルで開催されました。その時に私は、あなたを、遠くから見たのです。

あの時、あなたはたしか、大学の先輩が、ジオラマ作りのプロだとかいうので、その先輩のお伴のような形で、来ていましたね。

私はたまたま、その先輩、小野塚さんとは、鉄道模型やジオラマを通じて、昔からの友だちでしたから、彼は、あなたを、私に紹介してくれたのです。それで、私は、あなたとの再会を果たしたのでした。

美しさは、変わっていないなと、私は、思いました。

私は、そのパーティが終わった直後に、小野塚さんから、あなたの住所と電話番号とを聞いていたので、すぐ、電話をしたらよかったのかもしれませんが、臆病な私には、それができなかったのです。

そのくせ、私は、想像の中でどんどん、あなたに、高校時代よりも、強く惹かれていき、幻想の中では、あなたと、家庭を持つことまで、空想を膨らませて、しまっていたのです。

その後、私は、ある出版社が創刊した、模型とジオラマの雑誌に、連載のエッセイを書かせて、もらうことになり、それと同時に、私の作った模型やジオラマも、少しずつではありますが、売れるように、なっていきました。

現在、月収は三十万円から五十万円の間といったところです。

でも、今の状況では、あなたにプロポーズすることはできません。月収三十万円から五十万円と、書きましたが、収入がゼロの時もあるからです。これが月収百万円になり、それが五、六年は大丈夫というようになったら、勇気を奮って、あなたに結婚を申し込もうと思っております。

ですから、それまでぜひ、ほかの男との結婚は、やめて、いただきたいのです。

これが勝手なお願いであることは、私にもよくわかっています。

でも、私は、あなたが欲しいのです。それで、こんな不躾な手紙を、長々と、書いてしまいました。どうか、許していただきたい。全て、あなたに対する私の思いから出たものなのですから。

中島英一

白井美咲様〉

これが、ラブレターの全文だった。

「中島さんが、この手紙を出す前に、白井美咲さんは結婚してしまった。そういうことですよね？」

「その通りです。こんなに長いラブレターを、一生懸命書いたんだから、サッサと、投函すれば、よかったんですよ。それなのに、中島のヤツときたら、手紙の中に勝手なことを書いてしまったので、いざとなったら、投函する勇気が出なかったんだそうですよ。それでも、いつかは、渡そうと思って、ずっと机の中に、しまっておいたら、ある日突然、白井美咲は、結婚してしまった。そういって泣くんですよ」

「それで、今年の二月十四日、バレンタインの日ですが、その日に、中島英一さんは、天竜二俣駅に、行っています。ずっと好きだった白井美咲さんが、離婚したことを知ってまもないということを、考えると、これはただ単に、ジオラマを、作るための参考として、天竜二俣駅の写真を撮るために、出かけていったとは、考えにくいですね」

と、いって、十津川が、中西を見た。

「ええ、十津川さんの、いう通りでしょうね。中島は、二月十四日の、バレンタインの日に、白井美咲と会うために、天竜二俣駅に、行ったんだと思います」

「天竜二俣駅の近くで死んだ白井美咲さんも、二月十四日に、誰かに、会うために天竜二俣駅に、行ったことは、間違いありません。彼女は、自分で作ったチョコレートを持って、天竜二俣駅に向かったようですからね」

「白井美咲が、死んだ時には、お手製のチョコレートは、持っていなかったんでしょう?」

と、向井が、十津川に、きいた。

「たしかに、救急隊員の話では、死体のそばに、チョコレートは、見当たらなかったといっています」

「しかし、中島が、チョコレートを貰ったという話も、聞いていないのです。とすると、誰が、そのチョコレートを、持ち去ってしまったんでしょうか？」

「いちばん、考えられるのは、犯人です。二月十四日、白井美咲さんを、尾行してきた犯人が、スタンガンか何かで、彼女の心臓を、一撃して、チョコレートを奪い取ったのです。その後、死体を駅舎の裏に、放置しておいたのではいずれ、自分に、不利になると、犯人は考えた。心臓発作を、装うことを、思いついた犯人は、もっとも、自然に、見せかけるために、死体を駅近くの道路の上に、移動させて逃げたと考えられます」

十津川が、説明した。

「では、十津川さんは、白井美咲の死は、地元の警察がいうような病死ではなく、やはり、殺人だと思っているわけですね？」

向井が確かめるように、きいた。

「ええ、殺人だと、考えています。中島英一さんが、証明できなくとも、白井美咲さんが、最初は、駅舎の裏に倒れていて、何者かによって、移動させられたと、訴え出ていれば、まったく違った、展開になっていたのではと、考えています。地元の警察が、最初から、これは殺人の可能性ありと考えて、捜査していれば、その後、中島英一さんが、犯人に、殺されることもなかったのではないかと、思います」

十津川が、いうと、

「ぜひ、十津川さんは、その線で捜査を進めてもらえませんか？　白井美咲もそうですが、われわれ三人はどうしても、中島の仇（かたき）を、討ってやりたいんですよ」

と、中西が、いった。

「問題は、静岡県警が白井美咲さんの死を、心臓発作による病死だと断定して、この事件は、すでに、終わったものだとしてしまっていることです。すでに一度、判断を下したわけですから、静岡県警が、白井美咲さんの死を殺人だと考えて、捜査をし直すのはむずかしいと思いますね」

「では、県警は、この件について今後も捜査をしないのですか？」

不満そうに、大森晴香が、いい、十津川を睨（にら）んだ。

十津川は、苦笑して、

「今も申し上げたように、静岡県警は、いったん、事件性のない病死だと断定しましたから、再捜査は、しないと思います。ただ、中島英一さんが、東京で殺されていますから、われわれ警視庁捜査一課としては、現在、その捜査を進めていますし、その関連で、天竜二俣駅で起きた二月十四日の事件についても、捜査をすることが可能なわけです。現に、私と、亀井刑事は、今日、天竜二俣駅に行き、現在どうなっているかを、調べてきました。その時、駅員から、あなた方が作った幽霊話も聞いたのです」

「それを聞いてホッとしました。それで、現在捜査中の十津川さんたちが、今、いちばん欲しい情報は何ですか？」

中西が、きく。

「今、最も、欲しいのは、犯人につながる情報ですね。今までのところ、まったくといっていいほど情報がなく、犯人像が、浮かんでこないのですよ。あなたから、情報を、いただいた、白井美咲さんが、結婚していた相手、安藤晴彦という男性ですが、彼が、離婚後も、未練を持っていて、その挙句、白井美咲さんを、殺してしまったのではないかとも、考えてみたのですが、安藤晴彦さんは、離婚後すぐに再婚し、今は浜松で、夫婦で喫茶店を、経営しているのでしたね。そんな安藤さんが別れた白井美咲さんを殺したとは、考えにくいのですよ。それで、犯人は、別にいると思っているのですが、今いったように、犯人像が、まったく浮かんでこなくて困っています。それで、どんな小さなことでもいい、犯人につながる情報をつかんだら、すぐに私に、連絡してほしいのですよ」

十津川は、あらためて、自分の携帯と、亀井刑事の携帯の番号を紙に書き、三人に渡した。

2

中島英一の同級生、三人と別れた十津川と亀井は、東京に戻ったが、すぐには、捜査本部には帰らず、白井美咲が住んでいたマンションにまわってみた。

ここは、中島英一が、出そうとしていて、出さなかったラブレターの宛先として書かれてあった住所である。

白井美咲は、安藤晴彦と結婚すると同時に、このマンションを、引き払っていた。

それでも、管理人にきいてみると、白井美咲は離婚後、このマンションを、訪ねてきて、部屋が空いていないかと、きいたらしい。それで管理人は、同じ系列のマンションが、笹塚にあるからといって、そちらを紹介したという。

たしかに、渋谷区笹塚に、同じ系列のマンションがあった。

そこでも、管理人に、話を聞いた。

離婚後、白井美咲は、こちらのマンションの八階に、しばらく住んでいたことがわかった。

「白井さんは、ここには、どのくらい住んでいたのですか？」

「そうですね、たしか、半年くらいじゃなかったですかね」

「その間、決まった男性が、訪ねてきたことはありませんか？」

「お母さんが、よく、訪ねてきていましたよ。そのうち、お母さんが、手伝いに来て、引っ越してしまいましたけどね」

と、管理人が、いう。

「本当に、お母さんのほかには、彼女の部屋をよく訪ねてきた男か女は、いなかったんですね？」

と、十津川が、きいた。

「ちょっと思い当たりませんが」

「それでは、ここにいた六カ月間ですが、白井さんは、どこかに、勤めていたんですか？」

「この近くのコンビニで、アルバイトのようなことを、していたみたいですよ。このマンションの住人の一人が、そのコンビニに行って、働いている白井さんに、会ったといっていましたから」

「もう一度、念を押しますが、このマンションにいた六カ月の間、よく訪ねてきたのは、本当に、お母さんだけですか？」

「ええ、私が知る限りでは、そうですよ。ただ、白井さんが、コンビニで働いていて、男性関係のことで、イヤなことがあったという話は、していましたね。そのせいでしょうね、突然、お母さんのところに、引っ越してしまったのは」

と、管理人は、いった。

「コンビニであったイヤなことというのは、例えば、ストーカーのようなものですか？」

「そうかもしれませんが、詳しいことまでは、わかりません」

管理人は、いった。

今のところ、犯人かどうかはわからないが、やっと一人、容疑者らしき人物が浮かんできたという感じだった。

十津川と亀井は、白井美咲が、働いていたというコンビニに行って、話を聞いてみることにした。

通称、水道道路といわれる、井ノ頭通り沿いに店舗を構える、コンビニである。

駐車場が狭いのは、都心の店では仕方がないのかもしれないが、今のコンビニとしては、あまりいい条件とは、いえなかった。

店にいたのは、三十代と思える男の店員だった。

念のために、十津川は、その店員に白井美咲の写真を見せて、知っているかどうかをきいてみた。

相手は、ニッコリして、

「ええ、この人でしたら、会ったことがありますよ」

と、いう。

「それでは、彼女と一緒に、この店で働いていたんですか？」

「こんな小さな店だから、二人も店員は置きませんよ」

「じゃあ、どこで会ったのですか？」

「僕が、ここで働くようになってすぐ、写真の女性が、訪ねてきたのです。何でも、前にこの店で、働いていたけれども、辞めてから、エメラルドのネックレスがなくなっていることに気がついたので、ひょっとすると、この店で働いていた頃に、落としたのかもしれない。そう思って、ここに来たと、彼女は、そういっていましたね。それで探してみたのですが、その時は、ネックレスは、見つかりませんでした」

「この写真の人で、間違いないですね？」

十津川が念を押した。

「ええ、間違いありませんよ。この写真のように、きれいな人でしたよ」

と、店員が、いった。

「その後、ネックレスは、見つかったんですか？」

「翌日、見つかったので、マンションに持っていきました。ちょうど、実家に引っ越すことが決まったとかで、お母さんも来ていましたが、お二人とも、ネックレスのことは、とても喜んでくれました」

「その時、何か印象に残ったことはありませんか？」

「別にありませんが、あることで、僕は、ビックリしたんです」

「どんなことで？」

「引っ越しするので、いろんなものが、段ボールに詰められていたんですが、その中に、鉄道のジオラマがあったんですよ。『美咲おとぎ鉄道』となっていましてね。僕がいちばん驚いたのは、作者が中島英一になっていたことです。僕は、模型好きで、自分でも、鉄道車両を作ったりするんですが、中島英一という人は、神様みたいな存在ですからね。その中島英一の作ったジオラマを持っているので、ビックリしたんです」

「白井美咲さんは、どういってました？」

「高校の同級生だった中島さんから、突然、ジオラマを贈られた。ビックリしたけど、自分の名前のついたジオラマなので嬉しかったと、いっていましたね」

「その後、白井美咲さんとは？」

「そのあとは、一度も会っていません」

「もう一度、確認したいんだが、あなたが、ここで働くようになって、すぐ、白井美咲さんが、来て、失くしたネックレスのことを話し、一緒に探したんですね」

「そうです。その時は、見つからなくて」

「その時、何かなかったんですか？」

と、十津川が、きいたのは、翌年の二月十四日に、白井美咲を殺した犯人は、その頃から彼女の周辺にいたのではないかと思ったからである。

十津川の言葉で、男の店員は、肝心のことを思い出してくれた。

「二人で、ネックレスを探していたら、彼女が急に店の入口のほうに目をやって、慌てて、かくれるように、しゃがみ込んでしまったのです。僕が、外を見たら、入口のドアの向こうから、こちらをじっと見ている男がいたんです」

「それで、どうしたんですか？」

「とにかく、彼女が怖がっているので、僕は外に出ていって、男に何か用ですかと声をかけたんです。そうしたら、僕を一睨みして、何もいわずに、駐車場に駐めてあった車で立ち去りました。それだけの話ですが――」

「どんな男でしたか？　男の車が、どんな車だったか覚えていますか？」

と、十津川が、きいた。

「そうですね。身長は、僕と同じくらいでしたから、百七十五、六センチじゃないですかね。痩せていて、サングラスをかけていましたね。車はツートンカラーの国産の四輪駆動車でした」

「ナンバーは、覚えていますか？」

「詳しいナンバーは覚えていませんが、東京ナンバーじゃなかったのは、覚えているんですよ。新しいナンバーでしたね」

「新しい？」

「静岡県の富士山周辺や伊豆でも、前は、全て沼津ナンバーだったじゃありませんか。それが、富士山と、伊豆ナンバーでもよくなっているでしょう」

「そういう意味ね。それで、富士山と伊豆のどちらのナンバーだったんですか？」

「あれは、富士山ナンバーだったと思いますね。僕は富士山が好きで、一瞬、あれって思いましたから」

「彼女には、男のことを、ききましたか？」

「ええ、ききましたが、知らない男だと、いっていました。でも、ちょっと変ですよね。知らない男なら、あんなに怖がらないんじゃありませんか」

と、いったあと、急に、眼を光らせて、

「この白井美咲さんが、何か、事件に、巻き込まれたんですか？　刑事さんが、わざわざ訪ねてきたところを見ると、殺人事件なんじゃありませんか？　それで、こうやって、刑事さんが聞き込みに来たんじゃありませんか？」

店員は、しつこく、きいた。

十津川は、苦笑した。

「実は、その通りなんです。彼女は、今年の二月十四日、浜松市の天竜二俣駅の近くで、死体となって、発見されました。地元の警察は、心臓発作による病死と断定しましたが、ここに来て、ひょっとすると殺されたのかもしれない。そういうことがいわれ始めたので、われわれが、捜査をしているわけです。もし、何か思い出したことがあれば、私の携帯に連絡してください。よろしくお願いします」

十津川は、そういって、名刺を渡した後、そのコンビニをあとにした。

3

その後、十津川と亀井は、捜査本部に帰った。

捜査本部のパソコンの前には、三田村刑事が坐っていて、十津川を見ると、

「今日も六件、例のジオラマを欲しいという人から連絡が来ていますよ。これで全部合わせると十九件になりました。二十日の締め切りまでには、まだ日にちがありますから、あと少なくとも、二十件くらいは増えるのではありませんか？」

「そうだろうね。今のペースなら、最低でも、それくらいの数にはなるだろうな。それで、今日、連絡してきたのも、みんな、熱烈な中島英一ファンなのか？」

「そうみたいですね。改めて、中島英一という男が、この世界では、大変な有名人だということがわかりました」

と、いって、三田村が、笑った。

「今日までで、全部で十九件か」

と、十津川は、つぶやいた。

その中に、果たして、犯人は、いるのだろうか？　それとも、犯人は用心して、
このエサに飛びついてきていないのだろうか。

第五章　また犠牲者が

1

インターネットによるジオラマの競売は、結局締め切りの二十日までの申し込みが、全部で三十六件になった。

十津川にとって、ありがたかったのは、申し込んできた人間の住所が、さほど、散らばっていないということだった。三十六件の内訳を見ると、圧倒的に東京が多くて二十五件、そのほかは、神奈川県（横浜）が六件、大阪府が三件、そして、静岡県が二件だった。

この片寄り具合は、たぶん、ジオラマの製作者、あるいは、ジオラマを作っている会社が、大都市に、集中しているためだろう。

静岡が、二件となっているのは、問題のジオラマが、天竜二俣駅をモデルにして作られたものだということが、マニアにはわかっているからに違いない。

都内に住んでいる二十五人の人間については、十津川たち警視庁捜査一課が担当し、そのほか、横浜、大阪、静岡に住んでいる人間に対しては、各府県警に調べてもらうことにした。

その前に、三十六件の申込者全員に対して、中島英一の妹、中島あかねの名前で、まず、手紙を、送ることにした。その文章は、十津川たちが考えて、作った。

「インターネットによる、私の兄のジオラマのレプリカの、競売について、早速、三十六件ものお申し込みをいただき、大変感謝しております。

つきましては、当初、希望者が多い場合には、厳正な抽選でお一人の方を選んで、その方に、兄のジオラマのレプリカを買っていただこうと思っておりましたが、兄の遺志を尊重すれば、ジオラマについて、いちばん、関心をお持ちの方、あるいは、兄と同じようなマニアの方に、買っていただくのがいいだろうと考えましたので、申し訳ありませんが、こちらで、皆様方お一人お一人とお話をした上で、買っていただく方を、決めさせていただきたいと思います。

そのため、これから、三十六人の方、お一人お一人に、お話を伺いにまいりますので、その時には、ぜひ協力していただきたいと、思います」

これが、中島あかねの名前で送った手紙である。

そのあと、警視庁と各府県警による、三十六人の身元調査が始まった。

今回の事件の犯人と思われる人間について、一つだけわかっているのは、白井美咲に、つきまとっていたという男のことである。この男については、白井美咲が働いていたコンビニの店員が、証言している。

その証言によれば、白井美咲がコンビニにいた時、一人の男が、やって来て、白井美咲を、おびえさせた。

男は三十代で、身長百七十五、六センチ、痩せ型で、サングラスを、かけていたという。そして、富士山ナンバーのツートンカラーの、国産の四輪駆動の車に乗ってやって来て、その車で、姿を消したという。

もちろん、この店員の証言が、間違っている可能性もあることは否定できないのだが、今のところ、中島英一殺しの、犯人につながる、有力な、手掛かりは、白井美咲関係で容疑者と思われる、この男だけである。

そこで、警察としては、ジオラマの購入を申し込んできた人間一人ひとりに会って、話を聞く場合、この証言による条件、つまり、身長百七十五、六センチ、痩せ型、富士山ナンバーのツートンカラーの国産の四輪駆動の車に乗っているという、条件に合致するかどうかをまず、調べることにした。

そこで十津川は、捜査を依頼した神奈川県警、大阪府警、そして、静岡県警にも、この男のことを前もって知らせておいた。

捜査が開始される前に、捜査会議を、開いた。その席上で、三上本部長が、十津川に念を押したのは、次の二つだった。

「この三十六人の中に、君は、犯人がいると思っているのかね？」

という質問と、もう一つは、

「この三十六人が、全て正直に、自分の名前をいい、自分の住所を伝え、そして、連絡先の電話番号を教えていると、君は思うのかね？」

という質問だった。

これに対して、十津川は、

「第一の問題ですが、この三十六人の中に犯人がいるかどうかは、わかりません。もし、犯人が、まだ、自分のことが、警察には知られていないと思っていて、バレないという自信があれば、平気で自分の名前と、住所をいって申し込んだでしょう。逆に、少しでも不安があれば、この三十六人の中に犯人はいないはずです」

「しかし、犯人は、どんなことをしても、このジオラマを手に入れたいと、思っているんじゃないのかね？」

「はい。間違いなく、そうだと思います。ですから、犯人は、自分自身では、申し込まなくても、友人か、あるいは、知り合いを使って、申し込んでいる可能性もあるのではないかと思うのです。そのことも考慮に入れて、捜査をする必要があります」

「犯人が自分で申し込んだとして、本名を使っていると思うかね？」

「それはわかりません。インターネットによる取引きでは、いろいろ細工が、可能ですから、たぶん、犯人は、自分で申し込んだとしても、本名を名乗っていないかもしれません。そのことについても、考慮をしながら捜査を、進める必要があります。本命だと思って追いかけて、別の人間を、容疑者としてしまうかもしれませんから」

十津川は、慎重だった。

2

慎重に行動する必要があった。警察が調べているとわかれば、犯人は危険を感じて、逃げてしまうだろう。

だから、三十六人のところに、話を聞きに行く時も、あくまでも、このジオラマを売りに出した中島あかねに、頼まれて、友人が調べているという前提が、必要だった。

したがって、警察手帳を見せることもできないし、強制的な捜査も不可能である。

そこで、一人が、中島あかねの代わりに、会いに行き、警察としては、完全に裏から、その人間について調べることにした。

この二条件は、絶対に守らなければならないと、十津川は、捜査を開始するに当たって、部下の刑事たちに、いい聞かせた。

しかし、いざ、捜査をスタートすると、たちまち、大きな困難に、ぶつかってしまった。

第一に、警察を、前面に出すことができず、富士山ナンバーの、車の調べも、捜査に時間がかかりすぎるということだった。

二つ目は、相手が怪しいかどうかの判断が、極めてむずかしいということだった。

さらにもう一つ、今回の捜査は、マスコミには、まったく知らせずにスタートしたのだが、警察が捜査をしているということが、自然と漏れて、しまったことだった。

このままで行けば、三十六人の中に、あるいは、その近くに、犯人がいたとしても、相手は気づいてしまい、どこかに逃亡してしまうのではないだろうか？

そこで、十津川は、急遽、いったん、捜査を中止することにした。そのあと、三上本部長に、いった。

「申込者が、二人か三人ならば、捜査は、間違いなく、うまく行くと、思います。ところが、三十六人、しかも、大阪、神奈川、静岡と他府県に、及んでいます。われわれが調べていることは、否応なしに、犯人に気づかれてしまいます。何しろ、判断に時間がかかりすぎるのです」

十津川が、いうと、三上本部長は、途端に、不機嫌な表情になって、

「今さらそんなことをいったって、仕方がないだろう？　元はといえば、この捜査は、君が、考えたものじゃないか？　それが、ダメだというのなら、どうしたらいいと、思うのかね？」

「方法は、一つしかないと、思います」

「その一つは？」

「問題のジオラマのレプリカと同じものを、三十六個作ってしまうことです。そして、一斉に、そのレプリカを、三十六人の申込者全員に、渡して、その結果を見るのです。もし、この中に、犯人がいれば、手に入れたジオラマを、燃やすか、

あるいは壊すかして、なくしてしまうでしょう。というのは、このジオラマが、自分が犯した二月十四日の犯罪の証拠だとして、作った、中島英一を殺したわけですから」

「しかし、現在、問題のジオラマは一つしかないんだろう？」

「そうです」

「ということは、あと、三十五個必要になるわけだが、その三十五個を作るのに、いったい、どのくらいの時間が、かかるんだ？」

「ジオラマワールド社の、社長に確認したところ、現在、同じような模型を、作ることのできる人間が、十二、三人いるそうです。その人たちに頼んで、昼夜を問わず一生懸命作れば、三十五個なら、おそらく五日も、あればできるだろう。社長は、そういっています」

「三十五個のジオラマを、作り上げることができれば、捜査は、うまく行くのかね？」

「絶対に、うまく行くという自信はありません。しかし、ほかに方法があるとは思えません」

「それなら仕方がない。君の思うようにしたまえ」

多少投げやり気味な口調で、三上が、いった。

3

十津川は、まず神奈川県警など、捜査を依頼したところには、理由を説明して、捜査を一時中断することを、伝えた。

次に、ジオラマワールド社の小笠原社長に頼んで、ジオラマを作れる製作者を、できるだけ多く集めてもらうことにした。

集まったのは、全部で、十五人である。その人たちに頼んで、問題の中島英一の作ったジオラマと、同じものを、五日間で三十五個作ってもらうことを、要請した。

三番目には、三十六人の申込者に対して、もう一度、中島あかねの名前で手紙を速達で送った。もちろん、今回の文章も、十津川たちが考えたものである。

「皆様方に、お詫びしなければならないことが、あります。

これまで私は、申し込みをしていただいた三十六人の方の中から、こちらで選んだお一人様に、兄の作ったジオラマのレプリカを、お譲りしようと思っておりました。

しかし、それでは、選ばれなかったほかの三十五人の方に、申し訳がないと思うようになりました。

そこで、兄が親しくつき合っていた、同じジオラマのマニアの方に、お願いをして、兄が作ったジオラマと、まったく同じものを作って、お申し込みくださった三十六人全員の方に、お渡しできるようにいたしました。

この方々は、兄と同じように、ジオラマのマニアで、精密なジオラマを作る腕を持っていらっしゃいますし、兄と親しかった方ばかりです。

そこで、五日間だけ、お待ちくださいませんか。兄が作ったものと同じジオラマを作り、それを皆様に、お譲りいたします。

厳密にいえば、兄が作ったものとはいえませんので、大事にしていただけるのであれば、料金は、いただきません。

ぜひ、こちらの気持ちを、汲(く)んでいただき、五日間だけ、待っていただきたいと思います。五日経てば、必ず兄が作ったものとまったく同じジオラマを、皆様に、お渡しできることをお約束いたします。

よろしくお願いいたします」

この手紙を、送る一方で、十津川たちは、ジオラマを申し込んだ三十六人全員について、どんな人間なのかを、一人ひとりとの、面談はやめ、密(ひそ)かに、調べ直すことにした。

もちろん、東京の二十五人については、警視庁が、調べ、そのほかの横浜、大阪、静岡の申込者については、神奈川県警、大阪府警、そして、静岡県警が、これも、密かに調べて、わかったことを、速(すみ)やかに報告してくれるよう、再要請した。

十五人のプロが、三十五個のジオラマを、作っている一方で、密かな捜査が、始まり、三十六人についての資料が、少しずつ、捜査本部に集まってきた。

神奈川県警や大阪府警、あるいは静岡県警の捜査する相手は、二人から六人と少ないので、三日間で完了するだろう。問題は、東京の、二十五人である。

そこで、十津川は、捜査を進める刑事たちにハッパをかけた。

「五日後には、三十五個のジオラマが、完成する。それを一つ一つ、東京の二十五人の申込者に渡していくから、その時には、二十五人全員の資料が、揃っていることが、絶対に必要なんだ。だから、全力を挙げて、この二十五人について、調べてもらいたい。これが間に合わないと、今回の捜査は、失敗する恐れがある」

少し脅かし気味に、十津川は、部下の刑事たちに、指示を与えた。

東京の捜査についていえば、一日に五人調べることが、できれば、五日間で間に合うのだ。計算上はである。

捜査が開始されて、三日目の五月二十四日の午後八時頃、神奈川県警から、十津川に電話が入った。

「十津川さんに、至急、連絡したほうがいいと、思いました。実は今朝、北鎌倉のマンションに住む沢木敦司という三十五歳の男について、調べました。三十六人の申込者の一人です。その経歴も調べ、家族関係なども、調べたのですが、今から十分ほど前、午後七時五十分頃ですが、この沢木敦司が死んだことが、わかりました。逗子の海岸で、たまたま、夜のサーフィンを楽しんでいたサーファーの一人が、海岸に倒れている男を発見し、すぐ、救急車を呼んで病院に運びましたが、すでに、亡くなっていました。この男が、沢木敦司なのです。この件は、今回の捜査とは関係ないかもしれませんが、一応、お知らせしておいたほうがいいと思いまして」

石神という警部が、いった。

十津川は、とっさに、関係ありと判断し、亀井刑事を連れて、逗子警察署に急行した。

逗子警察署に着いたのは、午後十時を少し過ぎていた。

十津川たちを迎えた、石神警部は、逗子の海岸で、死んでいたという、沢木敦司の顔写真を見せてくれた。

「ここに資料を用意しておきましたが、問題の沢木敦司は、年齢三十五歳、東京都内の建設会社に、勤めているサラリーマンです。さらに調べてみますと、鉄道模型のマニアというのか、自宅マンションに、Nゲージのジオラマを作って、楽しんでいたということが、わかりました。もちろん、今回の、三十六人の中に入っています。それから、身長は百六十五センチ、体重は六十三キロです。ですから、そちらが条件として、出してこられた身長百七十五、六センチとは一致しておりませんが、念のためにお知らせしました」

と、石神が、いった。

「身長や体重などは、犯人と、断定しているものでは、ありませんから、お知らせいただいて、感謝しています。それで、死因はわかりましたか？」

「今、司法解剖を、しておりますが、われわれの見立てでは、死因は溺死（できし）だと思います。外傷も、ありませんでしたし」

「死体が、発見されたのは、たしか、海岸でしたよね？」

「ええ、そうです」

「沢木敦司は、サーフィンを、楽しんでいたのですか？」

「いや、違います」

石神警部は、問題の、逗子の海岸の写真を、見せて、

「この中央部あたりでは、夜間でも、サーファーが、サーフィンを楽しんでいる

のですが、その数は五、六人です。そして、この端のほう、この岩陰で、沢木敦司は、死んでいたのです。サーフジャケットは、着ていませんでしたし、サーフボードも、持っていませんでした。ジーンズにTシャツという格好で、ずぶ濡れになって、発見されたのです。死んでいたのが、この岩陰だとすると、自分から、海水を飲み、浜に上がってきて死んだとは思えませんから、何者かが、沢木敦司を、海に放り込んで溺死させ、その後、ここに引きずってきて、岩陰に、死体を置いたとしか思えないのです」

「つまり、何者かに、殺されたということですね？」

「はい、そうです」

この後、石神警部に、案内されて、沢木敦司が、住んでいた北鎌倉のマンションに、行ってみた。

八階建ての、中古のマンションである。その七階の七〇一号室が、沢木敦司の住居だった。

２ＤＫの部屋である。

管理人に、部屋の鍵を開けてもらって、三人の刑事が、中に入った。

間取りは、六畳に四畳半とダイニングキッチン、ベランダになっている。四畳半のほうに、Nゲージのジオラマが、作られていた。観光客に人気のある江ノ電をモデルにしたジオラマである。

「このジオラマは、沢木敦司が、自分で作ったものだと思われます。かなり精巧に、作られていますよ」

石神警部が、いった。

「被害者は、東京の会社に、勤めているサラリーマンだそうですね？」

「そうです。東京の、池袋駅前にあるR建設という建設会社で、営業の仕事をやっていたことは、間違いありません。三十五歳で営業部の係長になっています。聞いたところによると、勤務態度も、真面目で、営業成績も、いいということでした」

「たしかに、ここには、サーフィンのボードやジャケットは、ありませんね」

十津川は、部屋の中を見まわしながら、いった。

この沢木敦司には、サーフィンを楽しむという趣味は、なかったのだ。と、すれば、逗子海岸に行ったのは、サーフィンをやるためでは、なかったのだ。

「死体は今、どこにあるのですか？」

と、亀井が、きいた。

「司法解剖をお願いしている、K大学病院です」

「死体ですが、何か不審な点は、ありませんでしたか？　ジーンズにTシャツという格好で溺死というのは、たしかに、おかしいですが、ほかに、何か、おかしな点は、ありませんでしたか？」

と、十津川が、きいた。

「そうですね、まず、おかしいのは、携帯電話が、見つかっていないということですね。こちらで調べたところ、沢木敦司というのは、何度も携帯を買い換えていたといいますから、携帯が、見つからないというのは、おかしいのです。現場には、携帯は落ちていませんでしたし、この部屋にも、携帯は見当たりません。おそらく、犯人が、持ち去ったものと思われます」

と、石神警部が、いった。

問題の沢木敦司が、どんな人間と、つき合っていたのか、携帯のなかった頃は、手帳に書き留めてあったり、その友人知人からの手紙やハガキが、あって、わかったのだが、今の時代は、ほとんど携帯になってしまっている。つまり、携帯がないと、この男の交友関係も、はっきりとは、わからないのだ。

十津川と亀井は、二つの部屋とダイニングキッチンを綿密に探してみたが、手紙類もほとんどなかったし、名刺も見つからなかった。

一つだけ見つかったのは、彼が働いていたR建設の社員名簿だけである。それを参考のために、借りていくことを、石神警部に断わった後、

「念のため、沢木敦司の遺体を、見たいのですが」

と、十津川は、いった。

パトカーで、司法解剖の行なわれたK大学病院に行く。

司法解剖を終えた、遺体は、病院の霊安室に、置かれ、彼が身につけていたものは、別の部屋にあった。

身につけていた国産の腕時計や、ジーンズのポケットに入っていたという、キーホルダーなどもあったが、石神警部がいったように、携帯は、そこにはなかった。

そのほか、所持品として、身につけていなければおかしいもの、例えば、財布

も、そこには、なかった。

「財布は、ありませんでした。初めから持っていなかったということは、ちょっと、考えにくいので、犯人が、持ち去ったと考えられます」

と、石神警部が、いった。

「沢木敦司は、R建設で、どのくらいの、給料を貰っていたのですか？」

と、十津川は、きいた。

「こちらの調べでは、月給は、約三十五万円だそうです。いつも、カルティエの赤い革の、財布を持っていたということでした。何しろ独身貴族ですから、この不景気の中でも、カルティエの財布には、いつも五、六万の現金が、入っていたようです。それが、見つからないのですから、たぶん、犯人が、持ち去ったものと思われます」

たしかに、独身の男が、北鎌倉のマンションに住んでいて、逗子の海岸で死んだのである。所持品の中に財布がないのはおかしい。

ただ、十津川が疑問に感じたのは、なぜ、犯人が、財布を持ち去ったのかということだった。

所持品の中に、運転免許証が入っていて、そのことから、死んでいるのが、沢木敦司という男であり、北鎌倉のマンションに、住んでいる人間だとわかったと、石神警部は、いっている。

もし、犯人が沢木敦司を殺して、その身元がわかるのを、遅らせようと考えたとすれば、財布よりも、むしろ、運転免許証を、持ち去るべきではないのだろうか？

十津川は、そう考えたのだが、その答えは、見つからなかった。

ひょっとすると、財布の中に、犯人を暗示させるようなものが、何か、入っていたのだろうか？　例えば、犯人の名刺とか、名前をメモした紙か、何かである。

それとも、犯人の目的が、物盗りであるように思わせようとして、財布を、持ち去ったのかもしれない。

「死亡推定時刻はわかりますか？」

「先ほど入った、報告によると、今日五月二十四日の、午後七時以降、死因は、やはり、溺死です。肺の中に、かなりの海水が、入っていたそうです。そして、死体が発見されたのは、七時五十分です」

と、石神警部が、いった。

「沢木敦司は、車を、持っていなかったのですか？」

と、亀井が、きいた。

「持っていません。東京の会社には、電車通勤を、していましたし、自転車が好きで、よく自転車に乗って、自宅近くの名所旧跡などを、見てまわっていたそうです。この逗子海岸にも、自分で来たとすれば、自転車か、あるいは、ＪＲを使って来たのだと思われますが、その自転車は、まだ、見つかっておりません」

と、石神警部が、いった。

4

翌五月二十五日、十津川は、亀井と二人で、沢木敦司が働いていた、池袋のＲ建設に、話を聞きに行った。

Ｒ建設は、中堅の、建設会社である。

池袋の駅前にＲ建設の五階建ての自社ビルが、建っていた。

十津川は、沢木敦司の上司に当たる、営業部長の井上に会った。

「知らせを聞いて、ビックリしています。彼は、真面目な男で、欠勤もほとんどなく、営業成績も良かったので、将来を、嘱望していたのですが、こんなことになって、ただただ、残念です」

「沢木さんは、三十五歳と、お聞きしました。独身だったそうですね？」

「今は、そのくらいの年になっても、独身でいる男性社員も多いし、女性社員でも、そうなんですよ。私は、早く、結婚して、家庭を持ったほうがいいという、考え方ですから、時々、沢木君に、君も早く、結婚したらどうなんだと、いっていたんですが、一向に、その気にはならなかったようです」

「誰か、つき合っている女性は、いたようでしたか？」

と、亀井が、きいた。

「私の耳に入ってきた話では、同じ営業第一課に、親しくしていた女性社員が、いたようですね」

と、井上が、いう。

十津川は、その女性社員の名前を、教えてもらった。

戸川亜紀。二十八歳である。

十津川は、その女性社員を呼んでもらい、会社の応接室で話を聞くことにした。少しばかりきつい感じのする、なかなかの美人だった。

十津川の質問に対して、戸川亜紀は、

「たしかに、沢木さんとは、おつき合いをしていましたけど、結婚を、意識するような間柄ではありません」

と、いった。

「その沢木敦司さんが、逗子の海岸で、死んだ。いや、殺されたと知って、どう、思われましたか？」

「もちろん、ビックリしました。今でも信じられません」

「沢木さんから、何か、聞いていませんかね？」

「何かというと？」

「例えばですね、誰かとトラブルになっていて、脅かされているとか、マンションの部屋に、最近、泥棒が入ったとか、あるいは無言電話が、かかってくるとか、そういうことなんですが、聞いたことはありませんか？」

「いえ、そういう話は聞いたことありません」

「沢木さんの北鎌倉のマンションに行かれたことはありますか？」

「ええ、何回か、あります。私、鎌倉が好きなので、休みの日に、沢木さんに、案内してもらって、鎌倉や逗子、江の島などを歩いたことがあります。その時に、彼のマンションに、寄りましたけど」

「あのマンションには、江ノ電の、ジオラマがあるのですが、そのジオラマを、ご覧になりましたか？」

「ええ、見ました。沢木さん、あのジオラマが、自慢でしたから」

「沢木さんが、最近、インターネットで、売りに出されているジオラマを、買おうとしていたのですが、その話を聞いたことはありませんか？」

「ええ、たしか、それらしい話を、聞いたことがあります」

「そのジオラマですが、手に入りそうなので、沢木さん、喜んでいましたか？」

「いいえ、そんなに、嬉(うれ)しそうではありませんでしたよ」

と、彼女が、いう。

「喜んで、いなかったのですか？」

「どちらかといえば、それを手に入れるのにあまり熱心ではないような気がしました」

「しかし、沢木さんは、ネット販売のそのジオラマを、何とかして、手に入れたくて、申し込んで、いたんですよ」

「ただ、沢木さんは、江ノ電が好きなんです。江ノ電なら、どんなものでも、集めている。そういっていました。何でも、今回申し込んだのは、江ノ電ではない、浜名湖のほうの、鉄道のジオラマなんだけど、作った人が有名な人なので、欲しいことは、欲しいが、別に、手に入らないのなら、それでも、いいんだ。そんなことをいっていました」

「その話、本当ですか？　間違いありませんか？」

十津川が、確認するように、きくと、戸川亜紀は、眉をひそめて、

「本当ですけど、そのジオラマが、沢木さんが死んだことと、何か関係があるのですか？」

「それは、わかりませんが、このジオラマは、欲しい人が、たくさんいるんです。三十人を超える人が申し込んでいるんです。作った人は、ジオラマの世界では、

カリスマといってもいいくらいの、有名な人で、遺作とも、いえる、最後の作品ですから。それで、沢木さんも、申し込んだのだと思っていたのですが、あまり熱心ではなかったとお聞きして、今、驚いているのです。もう一度おききしますが、申し込んだのは、間違いありませんね？」

「ええ、申し込んだといっていましたから、間違いないと思います」

「しかし、熱心では、なかった？」

「ええ、たくさんの人が、申し込んでいると思うから、自分が、手に入らなくてもいいんだみたいなことを、いっていました」

「欲しくないのに、なぜ、申し込んだりしたんでしょうか？」

「私には、わかりませんけど、もしかして、それを、買って、誰かに、売るつもりだったんじゃないかしら？」

亜紀が、いった。

今度は、少しばかり、十津川のほうが、驚いて、

「沢木さんは、そのジオラマを、手に入れたら、誰かに、売るつもりだった。それらしいことを、口にしていたのですか？」

「はっきりとはいっていませんでしたけど、沢木さんが好きだったのは、江ノ電なんです。ただ、作った人が有名な人だったから、申し込んだが、もし、手に入ったら、欲しい人が、たくさんいるから、高く売れるんじゃないかみたいなことをいっていたんです」

と、亜紀が、いう。

「昨日、沢木さんは、いつものように、会社に来ていましたか？」

「ええ」

「上司の、井上部長に聞いたところでは、いつものように、午後五時には退社していったというのですが、昨日一日、沢木さんと何か、話をしませんでしたか？」

亀井が、きいた。

「私は、沢木さんと同じ営業一課という部署に、いますから、昨日は、お昼も一緒に、社員食堂で食べました。その時、少しだけ、おしゃべりしましたけど」

「その時にですね、申し込んだジオラマについて、沢木さんは、何か、いっていませんでしたか？」

「そういえば、沢木さんが、こんなこともいっていました。ネットで申し込んだ、ジオラマだけど、最初は、抽選になると思っていたのに、出品者の人から、申し込んだ人全員に、同じものを作って、お渡しするという通知があったそうなんです。そうなると、数が多くなるから、高く、売れないんじゃないかと、そんなことを、いっていました」

と、亜紀が、いった。問題のジオラマについて、彼女から話が聞けたのは、それだけだった。

捜査本部に帰って、十津川は、三上本部長に報告した。

「神奈川県警の石神警部に、案内してもらって、沢木敦司の北鎌倉のマンションを調べたのですが、こちらが、中島あかねの名前で、出した二通の手紙は、その部屋には、ありませんでした」

「なかったというのは、捨ててしまったということかね？」

「いや、そうとは、いえません。おそらく、今回の事件の犯人が、沢木敦司に頼んで、彼の名前で、申し込んだんですよ。ですから、その件についての手紙は、二通とも、沢木敦司が犯人に、渡してしまったのではないかと、考えています」

「沢木敦司が、犯人に、頼まれていたという証拠は、あるのかね？」

「彼がつき合っていた同じ職場の女性社員、戸川亜紀という、二十八歳の女性ですが、彼女の証言によると、沢木敦司は、江ノ電については、関心があって、自分で、ジオラマを作ったりしていますが、そのほかの列車や電車については、あまり、関心がないようで、問題のジオラマを、手に入れたら、誰かに売ってしまおうみたいなことをいっていたそうです。そして、今回、申し込んできた三十六人全員に、レプリカが、無料で渡されることになったと、手紙を、出していますが、沢木敦司は、彼女に向かって、数が多くなると、高く、売れないんじゃないかと、いっていたそうなんです。そんなこともあって、問題のジオラマは、沢木敦司が、本当に欲しくてネットで、申し込んだとは、到底思えないのです。誰かに、頼まれたとしか思えません」

「その頼んだ人間というのは、誰だと、君は思っているんだ？」

「たぶん、五十パーセントは犯人だと、私は思っています」

「それでは、君のいうように、今回の事件の犯人が、沢木敦司に依頼して、問題のジオラマを、手に入れようとしていたとしよう。その犯人が、どうして、今頃になって、頼んだ相手の、沢木敦司を、殺してしまったのかね？　君は、いったい、どう考えるんだ？」

三上が、きく。

十津川は、ちょっと、考えてから、

「その質問には、二つの答えが、考えられます」

と、いった。

「われわれは、申し込んだ、三十六人全員に、新たに、レプリカを作って贈るという手紙を出しました。このインターネットを使った、ジオラマの競売は、犯人をおびき出すために、警察が、仕組んだものだと、犯人が察して、自分が頼んだ沢木敦司から、足がつくことを恐れて、殺してしまったのではないでしょうか？これが一つの答えです」

「なるほど。もう一つは？」

「沢木敦司が、今回の事件に関して、気がついて、犯人を、強請（ゆす）ったのではないかということが、考えられます。沢木敦司は、自分が、つき合っていた、同僚の女性社員に対して、ジオラマを手に入れたら、売ってしまおうといったり、数が多くては、あまり高く、売れないのではないかといったりしているからです。用心して、自分にジオラマの購入を頼んだ人間の名前は、つき合っている女性にもいわなかったようですが、犯人に高く売りつけてやろうという気持ちは、あったと、私は思うのです。それも、できるだけ高く、売ろうとしていたようですから、犯人を、強請っていたことも、十分に考えられます。そこで、機先を制して、犯人は、沢木敦司の口を、封じたということではないかと思いますね」

「しかし、犯人像は、まだ、浮かんでこないんだな？」

「残念ながら、まだ、浮かんでいません。ただ、この後も、神奈川県警では、殺された沢木敦司について、調べてくれるそうですから、何かわかれば、すぐこちらに、知らせてくれるはずです」

と、十津川が、いった。

5

五月二十六日午後一時から、鎌倉のS寺で、死んだ沢木敦司の、葬儀が行なわれた。

喪主は、福井に住んでいる、彼の父親である。十津川は、亀井と二人で参列することにした。

もちろん、葬儀に、犯人が来るとは思えないが、どんな人間が、集まってくるのかを、十津川は、知っておきたかったからである。

午後一時から始まった、S寺での葬儀に参列したのは、百人足らずの人間だった。

沢木敦司が、勤務していたR建設からは、二十六人の、参列者があり、家族や親族が二十人、それから、学生時代の友人や近所の人たちの合計で、百人足らずである。

十津川と亀井は、名前だけを、参列者名簿に書き込んだ後、少し離れた場所から、葬儀の模様を観察していた。そこには、神奈川県警の、石神警部の顔もあった。

「十津川さんは、参列者の中に、犯人がいると思われますか?」

石神警部が、小声で、十津川に、きいた。

「おそらく、ここには、来ていないでしょう。すでに、殺人事件とわかってしまって、警察も動いていますからね。わざわざ、飛び込んではこないだろうと、思っています。ただ、どんな状況に、なっているのかは知りたいはずです」

と十津川が、いった。

「それは、警察が、どの程度まで知っているのかを確認しておきたいということですかね？」

「犯人は、自分と沢木敦司の関係が、警察に漏れてしまっているのか？　それとも、警察は、まだ、気がついていないか？　その点を、知りたいはずです。沢木敦司の、北鎌倉のマンションですが、誰か、県警の刑事が、行っていますか？」

「二人の刑事を、警戒のために、置いてあります。犯人が来るかも、しれませんからね」

と、石神が、いった。

「それは、ありがたい。犯人は、今もいったように、自分と、沢木敦司の関係を知られるのがいちばん怖いので、沢木敦司の携帯を奪って逃げたくらいですからね。沢木敦司の部屋に、自分との関係を、明らかにするようなものがあるかもしれない。そんな心配を、しているでしょうから、警察が、いないとなると、勝手に、あの部屋に入っていって、探すかもしれません」

「それならば、逆に、刑事を帰らせてしまったほうがいいかもしれませんね。犯人に自由に、入らせて、何を探すかを、知ったほうが、捜査は、進展するでしょうから」

と、石神が、いった。

「いや、それは、かえって、まずいと思いますね」

「どうしてですか？」

「現在、あのマンションには、県警の刑事が二人、いるわけでしょう？　犯人が、それを、どこかで見ているとすれば、急に刑事がいなくなったことで、警戒するに、決まっています。また、犯人は、逗子の海岸で、沢木敦司を溺死に見せかけて殺した後、彼のマンションに直行して、すでに、マンションの中の部屋を調べているかも、しれません。沢木敦司の所持品の中に、キーホルダーがありましたが、部屋の鍵は、一つしか、ついていませんでした。合鍵を使って、犯人が警察の先まわりをして、あのマンションの部屋を調べている可能性も、あります」

「ウチの、県警本部長から、ぜひ、十津川さんに、きいておくようにと、いわれているとがあるのですが」

「何ですか？」

「例のジオラマの件ですが、新たに三十五個作って、全部で、三十六個にして、それを申込者に、無料で配ると、いっておられましたね？」

「ええ、いいました」

「今回の殺人事件が、あったので、その計画は、中止されたのですか？　それとも、続行しているのですか？」

「続行して、いますから、今日じゅうに、三十六個のジオラマが、揃うはずです」

「その三十六個のジオラマを、どうするつもりですか？　殺された沢木敦司が、犯人に頼まれて、申し込んでいたとすると、その三十六個を、どう、生かすんですか？」

石神警部が、いった。

「今、ここで、中止をしたら、かえって、犯人に警戒されてしまう。ですから、あくまでも、今回の殺人事件は、他の事件とは無関係に起きた事件だと、警察は考えていると、犯人に、思わせるようにしたいのです。ですから、計画通り、死んだ沢木敦司も入れて、三十六人全員に、問題のジオラマのレプリカは、無料で、配布するつもりでいます」

「どうやって、三十六人全員に、配るんですか？　郵送ですか？」

「一人一人に、手渡そうかと思っていたのですが、今回の事件があったので、郵送することにしました」

「そうすることで、事件の解決に、近づくのですか？　しかし、問題のジオラマは、沢木敦司が、殺されたわけですから、犯人には渡らないわけでしょう？　犯人に渡らなければ、犯人の反応も、わからないのではありませんか？」

と、少しむずかしい顔になって、石神警部が、きいた。

霊柩車が、S寺の前について、遺体が、載せられると、家族と友人の乗った車が、その後に続いて、斎場に向かって、出発していった。

十津川は、石神警部と一緒に、近くの喫茶店に入った。コーヒーを頼み、その後で、

「石神さんの質問ですが、正直にいうと、これから、どうなるのか、私にも、想

像がつかないので、困っているんですよ」

と、正直に、いった。

「しかし、三十六個のジオラマは、申し込みをした三十六人に、無料で配られるわけでしょう？　その中には、死んだ沢木敦司も、含まれているわけですよね？」

「ええ、そうです。たぶん、そのジオラマは、今日、喪主をやられた、父親のところに、配送されるはずです。しかし、あの父親に頼んで、しばらくの間、沢木敦司が、住んでいた北鎌倉のマンションに、飾っておくようにお願いするつもりです。部屋代は、毎月、二十六日に、銀行から、自動送金されていて、来月分も払われるそうですから、誰も文句はいわないでしょう」

「しかし、誰もいない、無人の部屋にレプリカを飾っておいて、いったい、どうするつもりですか？」

石神警部が、不思議そうに、きく。

十津川は、小さく笑った。

「たしかに、あまり効果がないかもしれません。しかし、犯人は、あのジオラマが、どんなものなのか、絶対に、知りたいはずなんですよ。自分が見た、中島英一が、作っていたものと、まったく、同じなのか。それが、最も、知りたかった、はずなのです。白井美咲という女性の、心臓発作での病死が、少しでも、殺人の可能性があり、というふうに、疑われないかどうかを、知るために、犯人は、沢木敦司に頼んで、申し込ませたのですから。その沢木敦司にも、レプリカが配られます。それを、マンションにしばらくの間、飾っておきたいと思います。ひょっとしてですが、犯人は、レプリカが、どんなふうに、出来上がったのかを、知りたくて、忍び込むのではないかと思うのですよ。もちろん、可能性としては、限りなくゼロに近いですが、やってみる価値はあると思います。もし、この推理が、当たって、犯人がマンションに忍び込んでくれれば、犯人を逮捕することが、できます」

十津川が、いった。

この日、三十六個の、いや、正確にいえば、三十五個の、ジオラマのレプリカが、出来上がった。

その一方で、沢木敦司の葬儀から帰ってきた父親の沢木伸二郎（しんじろう）は、電話で、十津川の質問に答えて、

「今日一日、息子のマンションに泊まって、明日、郷里の福井に、帰るつもりです」

十津川は、自分の考えを、説明し、

「明日、中島英一さんの、妹あかねさんが、そちらに、ご子息が、申し込んでいたジオラマを、お持ちします。それを、受け取って、できれば来月いっぱい、敦司さんのいなくなったマンションに、飾っておいていただきたいのですよ」

「それは構いませんが、誰もいないマンションに、ジオラマを飾っておいて、何か意味が、あるのですか？」

沢木の父親が、きく。

「ごくわずかの、可能性ですが、そうすることによって、ご子息を殺した犯人を、逮捕することが、できるかもしれないのです」

「それならば、構いませんよ。私は、明日じゅうに、遺骨を持って、福井に帰ります。いつ頃、問題のジオラマは、こちらに、持ってこられるのですか？」

「午前中には、お持ちします」

十津川は、約束した。

ほかの三十五人には、出来上がったジオラマは、郵送することにして、沢木敦司のマンションには、中島英一の妹、小島あかねが、ジオラマを、持っていくことになった。

もちろん、犯人に、狙われる恐れがあるので、北条早苗刑事が、同行することになった。

翌日、午前十時頃、問題のジオラマを箱に入れ、それを、持って、北鎌倉の、マンションに向かった。

その後で、北条早苗刑事から、十津川に電話連絡があった。

「今、中島あかねさんから、死んだ沢木敦司さんのお父さんに、ジオラマが渡されました。来月いっぱい、マンションの、部屋に、ジオラマを、飾っておくと沢木敦司さんの父親が、約束してくれました。午後一時には、福井に帰るそうです。このマンションですが、鍵は、かけて、おきますか？」

北条早苗刑事が、きく。

「もちろん、鍵は、かけておいてくれ。私は、沢木敦司を、殺した後、犯人は、マンションの部屋の予備の鍵を、持ち去ったと考えているんだ。だから、鍵を開けておいても閉めておいても、犯人が入るつもりならば、入れるんだからね」

十津川は、いった。

問題は、沢木敦司のいなくなったマンションの部屋に、中島英一の作った、ジオラマのレプリカが、飾られているこの一カ月間、犯人が、この件で、アクションを、起こすかどうかである。十津川には、判断がつかなかった。

第六章　犯人を追う

1

沢木敦司の父親は、例のジオラマを、北鎌倉のマンションに残して、郷里の福井に帰っていった。

その日の夜、捜査会議が、開かれた。

刑事の中には、事件があまりにも、広がりすぎてしまい、今後の捜査が、むずかしくなったという者もいたが、十津川は、そうは、見ていなかった。その理由を、十津川は、三上本部長に、こう説明した。

「今回の事件の犯人は、殺された沢木敦司に、問題のジオラマを、手に入れてくれと頼んだと思われます。沢木自身は、別に問題のジオラマが欲しいというわけではない。だから、ジオラマが手に入ったら、誰かに、高く売ってしまうつもりだ。沢木は、そんな話をしていたと、恋人は、証言しているのです。つまり、犯人が、沢木敦司に、頼んだことは、七十パーセントぐらいの確率で確かだと、思います。犯人にしてみれば、自分のことが、知られてしまうわけですから、用心深く、沢木に、接触して、頼んだと思うのです。と、いって、沢木と、まったく面識のない人間だったら、こういうことは、頼まないと思うのですよ。ある程度、沢木敦司のことを、知っていて、頼んでも、怪しまれない立場にいる人間、それが、今回の事件の犯人だと、考えました」

「その沢木敦司というのは、どういう人間なんだ？」

と、三上が、きいた。

「年齢は、三十五歳です。恋人はいますが、まだ結婚はしていません。北鎌倉のマンションに住み、東京の会社に勤務するサラリーマンです。特徴といえるのは、自宅に、Ｎゲージのジオラマを作って楽しんでいたということです。江ノ島電鉄を、モデルにしたジオラマで、自分で作っており、かなりの、マニアというか、相当の腕を持っている、そういう男だと、わかりました。私は、沢木敦司という名前を、今までまったく知らなかったのですが、ジオラマを、作るとか、鉄道模型を楽しむ人たちの間では、かなり名の通った男だそうです。犯人は、この沢木敦司という男を、以前から、知っていたのではないでしょうか？　ジオラマの世界では、沢木はかなり、有名人だったからです。私の想像ですが、犯人も同じく鉄道模型やジオラマの世界では、沢木と同じように、マニアだったのでは、ないでしょうか？　私は、そんなふうに、考えています。今まで、犯人が中島英一を殺したのは、ジオラマの世界とは、関係がなく、まったくの偶然だと思っていました。つまり、犯人は、白井美咲のことが、好きで、ストーカーのようなことを、続けていた。その挙句に、彼女が、自分のいうことを聞かないので、殺してしまった。それを、目撃されたと思い込み、目撃者の中島英一をも、殺してしまった。中島が、鉄道模型やジオラマの世界で、有名人であることは、単なる、偶然だと、私は、思っていたのです。しかし、今は、偶然ではなかったと、考えます。沢木を、知っていたことから、考えると、犯人も、鉄道模型やジオラマのマニアで、以前から、中島のことはよく知っていた。遠まわりした感は、ありますが、このます」

「しかし、最初に殺されたという女性、白井美咲だが、彼女は、ジオラマとか、鉄道模型には、関係なかったんだろう？」

「そうです。犯人が、白井美咲を殺したのは、あくまでも、彼女へのゆがんだ愛情からです。一方的に彼女のことが好きになって、ストーカーになって、そして、殺したのです。ただ、犯人は、今も申し上げたように、鉄道模型やジオラマの世界では、かなりの、マニアだった、そういう人間ではないかと思っています。中島英一のことも、知っているし、今度殺された、沢木敦司のことも知っている、そういう男ですよ。その線から調べていけば、必ず、犯人にぶつかります」

十津川は、自信を持って、いった。

「ほかに、犯人を特定できるような要件は、ないのか？」

三上が、きく。

「沢木敦司は、逗子の海岸で、死体で、発見されました。死因は溺死です。犯人は、沢木を海に沈めて殺した後、海岸まで運んできて、そこに放置したのです。

そのことを考えると、犯人は、まず、水泳ができて、海を怖がらない人間でしょう。そして、かなりの腕力の持ち主で、沢木を、海岸まで運んでくることのできる人間ということになります。沢木は、身長百六十五センチ、体重六十三キロと少し小柄ですが、三十五歳と若いので、力のない犯人だと、海に沈めて殺すのは、むずかしいと思います。それから、海岸まで運んでくることもです。犯人は、泳ぐことが、得意で、あの付近の海で、泳いでいるか、あるいは、サーフィンをしている人間だと、思います。その二点から、追いかけていけば、必ず、犯人にたどり着くはずです」

と、十津川は、つけ加えた。

2

次の日から、刑事を動員した、聞き込みが開始された。

動員された人数は、全部で四十人である。半分の二十人が鉄道とジオラマの世界を担当し、あとの二十人は、鎌倉から逗子の海岸を中心にして、サーフィンをやっている男か、あるいは、ヨットなどに乗っていて、海に慣れている男、さらに、かなりの腕力のある男を、探すことになった。

十津川と亀井は、捜査本部に残って、刑事たちから入ってくる報告に、耳を傾けることになった。

「一つ、警部におききしたいことがあるのですが」

亀井が、インスタントコーヒーを淹れてくれながら、十津川に、いった。

「私にわかることなら、答えるよ」

「犯人は、どうして、問題のジオラマにこだわっていると、警部は、考えられるのでしょうか？　私には、それが、よく、わからないのですよ。たしかに、上手に作られていますが、そのジオラマのオリジナルは、犯人によって、燃やされました。三十六個の同じジオラマがありますが、厳密にいえば、中島英一が、作ったものではなくて、レプリカですよ。それなのに、どうして、犯人は、それに、こだわるのでしょうか？　殺人事件の現場が、そのまま、ジオラマに再現されていることは、間違いないとしても、それだけでは、殺人の証拠には、ならないでしょう？」

「たしかに、裁判になった時には、証拠にはならないだろうね」

「それなのに、どうして、こだわるのでしょうか?」

亀井が、繰り返す。

「それは犯人が、この世界のマニアだからだよ。中島英一の作ったジオラマが、どれほどすばらしいか、この犯人は、知っているんだ。その上、犯人も、マニアだとすれば、中島英一の腕に嫉妬(しっと)しているのかも、しれない。今の、犯人の心理を、犯人の身になりきって、考えてみよう。三十六個のジオラマが、作られたが、おそらく、犯人は、その製作者の中には、入っていないのだろう。そのことも、犯人には、悔しいのではないかね? 何人かの人間に頼んで作ってもらっている。彼らは選ばれた人たちだ。その、日本で何人かの中に入っていないことに、犯人は腹を立てている。彼のところには、依頼が行かなかったんだ。だから、今、犯人は、一層、腹を立て、どんなレベルのものか、ますます、見てみたくなっているんじゃないかな? ところが、自分は、犯人だから、そのことを知られるのが怖い。そういうことだよ」

と、十津川は、いった。

昼を過ぎて、少しずつ、報告が捜査本部に集まってくる。

沢木敦司とつき合いのある、鉄道模型とジオラマのマニアの男の名前と顔写真が、送られてくる。

その一方、鎌倉や逗子周辺で、サーフィンをやっている男たち、あるいは、ヨットに、乗っている男たち、そのほか、釣りをやっている男たちの名前と顔写真が、少しずつ送られてくる。

捜査本部にいる十津川と、亀井の役目は、その両方から送られてくる名前と顔写真、それを、照合することである。

この両方に、ダブっている名前と写真があれば、その人間が、いちばん、怪しいことになってくるのだ。

両方から、次々と送られてくる名前と顔写真を、十津川と亀井は、捜査本部の壁に張っていった。

この日と翌日にかけて、捜査本部に集まった数は、全部で六十名を超えた。

そのうち、沢木敦司の知り合いで、鉄道模型やジオラマのマニアの名前と顔写真は、意外と少なくて、十五名だった。

それに比べると、鎌倉や逗子などの海岸で、サーフィン、ヨット、釣りに興じている若い男の数は、五十名近かった。正確には四十八名である。

中には、鎌倉の住人もいるし、東京から土日になると、車を飛ばしてくる、サーファーもいた。

次は、両方の、名前と顔写真を照合することである。

その両方に、共通する名前と顔写真があれば、その人間が、犯人である、可能性が強くなってくる。

3

集まった名前と顔写真を、刑事たちが慎重に照合した結果、二人の名前が、浮かび上がってきた。

一人は、花山要（はなやまかなめ）、四十歳である。三十八歳の妻と二人で、世田谷区北烏山（きたからすやま）で、幼稚園を経営している。

花山は、高校時代から、鉄道模型を作るのが趣味で、実物の五分の一の大きさのSL列車を友人と作り、現在、幼稚園の園庭にレールを敷いて、そこを走らせ、園児を乗せて、楽しんでいた。

また、花山夫妻は、鎌倉に親戚がいて、毎週末になると、釣りをしに行くのを、楽しみにしている。

もう一人の名前は、浅野圭一、三十歳である。独身。父親は、練馬区の石神井町で、店員が五人いるという、かなり大きな模型店を、経営していたが、すでに亡くなっている。

一人っ子の、浅野圭一は、子供の頃から模型を作っていた。特に、鉄道模型とジオラマである。

高校時代には、鉄道模型の高校生大会で、優勝したこともある。両親は、将来は、息子の圭一が作った鉄道模型とジオラマを、店で売り出そうと考えていた。

ところが、浅野圭一が、大学に入った直後、突然、父親のやっていた模型店は、倒産してしまった。その後は、債権者から逃げまわる毎日が続いた。心労から、父親は自殺し、母親も、すぐその後を、追うように病死した。

一人残された浅野圭一は、大学を中退したので、大会社には、就職できない。

浅野が働くことになったのは、中小企業の、いわゆる町工場だった。

そんな生活の中で、浅野にとって、唯一の慰めが、高校時代に天才といわれた鉄道模型の製作と、ジオラマの製作である。

そこで、浅野は、雑誌が主催する全国コンテストに応募したが、入選しなかった。

二十代後半になると、浅野は、東京都内には、自分を採用してくれるような会社がなかったので、仕方なく、都落ちの形で、小田原に住所を移した。そして、神奈川県在住の模型愛好家の、グループに入ったりもした。

その中に、沢木敦司もいたのである。

捜査本部は、この二人、花山要と、浅野圭一に注目し、二人のことを徹底的に調べることにした。

十津川と亀井の二人が、花山要に会うことになり、北条早苗と三田村刑事が、浅野圭一のことを、調べることになった。

十津川と亀井は、パトカーで甲州街道沿いにある、花山要夫妻の経営する、幼稚園に向かった。

「はなやま幼稚園」という看板のかかった、広さ七百坪の幼稚園だった。

広い園庭にレールが敷かれている。トンネルもあり、駅も作られている。

十津川と亀井が行った時、そのレールの上を、実際の五分の一の大きさのSL列車が、客車を引いて走っていた。客車には、この幼稚園の園児たちが、乗っている。

園長の花山は、鉄道員の、帽子をかぶり、SLにまたがって、小さなシャベルで、石炭をくべている。

SL列車が、汽笛一声、ゆっくりと走り出すと、乗っている幼稚園児から、大きな歓声があがった。

それが、一応、終わった後で、十津川たちは、園長室で、花山要と、妻の聡子に会って、話を聞くことにした。

十津川は、警察手帳を示した後、花山夫妻に、向かって、

「先日亡くなった沢木敦司さんを、ご存じですか?」

と、きいた。

「ええ、知っていますよ」

と、花山が、うなずく。

「どういう知り合いですか？」

「実は、沢木くんは、大学の後輩でしてね。僕が、鉄道模型のマニアなのと同じように、沢木くんも大学を出た後、鉄道模型を、作ったりしているということでした。僕が、園庭で、ＳＬ列車を走らせるということを考えた時に、彼に電話をして、手伝ってもらうことに、したんですよ。あの五分の一の、ＳＬ列車を作ったり、園庭に、レールを敷いたり、踏切を作ったりするのに、力を貸してもらいました。僕と家内の楽しみは、海釣りなんですが、沢木くんは、北鎌倉に住んでいるので、一緒に、海釣りをしたりしましたし、夏は、彼のマンションに、泊まらせてもらったことも、ありますよ。そんな沢木くんが、今回、突然死んでしまって、ビックリしているのです。犯人は、わかったんですか？　捕まりそうですか？」

と、花山が、きく。

「まだ犯人はわかっていませんが、逮捕したいと思っています」

十津川が、答え、亀井が、

「花山さんは、中島英一という男を、知っていますか？」

「もちろん、知っていますとも。少しでも、鉄道模型やジオラマの世界に、足を踏み入れた人間で、中島英一の名前を、知らない者は、いないんじゃないですかね？　僕らとは腕がまったく違う、本物の鉄道模型やジオラマの名人ですよ。ああいう名人は、もう二度と出ないんじゃありませんか？　それぐらい凄い人ですよ」

「その中島英一さんが、殺されたことは、ご存じですね？」

「ええ、知っていますよ。新聞で読みましたし、テレビのニュースも見ましたから。何回もいいますが、ああいう天才的な才能のある男は、長く生きてもらって、僕たちマニアを、楽しませてくれるような鉄道模型やジオラマを、たくさん作ってもらわなければいけないんですよ」

「今年の二月十四日、バレンタインデーですが、花山さんと、奥さんは、どうしておられましたか？」

十津川が、きいた。

花山要の妻、聡子は、手帳を取り出して、ページを繰っていたが、

「今年の二月の十四日でしたら、いつもの通り、この幼稚園で、園児たちと一緒にいましたよ」

と、いう。

「なるほど。ここの幼稚園は、二月十四日に、セレモニーのようなものは、催さなかったわけですね」

亀井が、感心したように、いうと、花山が、笑って、

「バレンタインデーというのは、若い人たちにとっては、大事な日かも、しれませんが、僕たちにとっては、いつも通り、園児と一緒に遊んだり、学んだりする普通の日なんですよ」

白井美咲が殺された日の、アリバイが、確かめられたこともあり、少しずつ、花山夫妻に対する疑いが、消えていく感じだった。

ちょっと、間を空けて、十津川が、

「浅野圭一という名前に、何か思い当たることはありませんか？」

「浅野圭一さんですか？」

「ええ、そうです。三十歳で、現在、小田原に住んでいるということです」

「浅野という名前に、何となく、記憶があるんだけど――」

と、花山は、首をかしげてから、

「ひょっとすると、浅野さんというと、以前、石神井にあった浅野模型と関係のある人じゃありませんか？」

と、いった。

「ええ、そうです。浅野圭一さんは、浅野模型の、オーナーの一人息子です。花山さんは、浅野模型を、ご存じだったのですか？」

十津川が、きく。

「僕たちのような模型好きで、ジオラマ好きの人間にとっては、石神井の、浅野模型といったら、憧れの名前でしたからね」

「どんなふうに、憧れなんですか？」

「今から十五、六年前でしたかね。その頃、浅野模型というと、普通の、模型店とは少しばかり違った意味で、マニアの憧れだったのです。日本では、なかなか手に入らないような、外国の素敵な鉄道模型を売ったりしていましたからね。浅野模型は、二階建てになっていて、一階が売り場で、二階にはジオラマが、設置してあって、誰もが、そこに行って、自分の模型を自由に走らせることができたんですよ。僕も、その頃、二回ぐらい、行ったことがあります。あの浅野模型は、もう、倒産したはずですが」

「ええ、その通りです。倒産しました」

「浅野模型が、倒産したと知った時は、ショックでしたよ」

「花山さんは、浅野圭一さんに、会ったことがありますか？」

と、亀井が、きいた。

「残念ながら、会ったことはありませんが、たしか、高校一年か、二年の時、浅野圭一さんは、大きなジオラマコンテストで優勝して、天才と、いわれたんじゃなかったですかね？　そんな記憶もあるんですが」

「ええ、そうです。おっしゃる通り、浅野圭一さんは、高校一年の時に、高校生大会で優勝して、鉄道模型の天才と、いわれました」

花山夫妻からの、事情聴取を終えた、十津川と、亀井は、捜査本部に、戻った。浅野圭一を調べるために、小田原に行っていた北条早苗と三田村刑事も、すでに、帰ってきていた。

「この浅野圭一ですが、一年ほど前まで、小田原市内の1Kのアパートに住んでいたそうです」

と、早苗が、報告した。

「木造モルタルのアパートです。月五万円で、食事つきです」

「ずいぶん安いな」

「実は、あるコンビニの社員寮になっているんです」

「浅野は、そこに、何年くらい住んでいたんだ？」

「管理人の話では、二年ほどといっていました」

「そこに住んで、どんな仕事をしていたんだ？」

「近くにあるコンビニの店員を、していました。全国的に展開している、マイウエイというコンビニですが、浅野は、正社員ではなくて、派遣社員として、働いていたそうです」

「派遣社員か」

「浅野は、父親のやっていた大きな模型店が倒産し、その後、両親が死んでしまったので、大学を中退しました。それで、小田原に移ってきて三十歳になった今も、派遣社員として働いているのです」

十津川は、じっと、浅野圭一の顔写真を見ていたが、亀井に向かって、

「カメさん、この顔、どこかで、見たことがあるぞ」

と、いった。

隣にいた亀井も、顔写真に目をやりながら、

「警部、たしかに私にも、この顔に、見覚えがありますよ」

「小田原では、浅野は、マイウェイというコンビニで、働いていたといったね？」

「ええ、そうです。そのコンビニで働いていました。浅野圭一が住んでいたアパートですが、今もいいましたように、マイウェイというコンビニのチェーン店が、従業員の住居として用意したもので、いわば店員寮です。そこに、住んでいたわけです」

「そうか、コンビニのマイウェイだ。そこで会ったんだ」

十津川が、いうと、亀井も、大きくうなずいて、

「そうですよ。笹塚の水道道路沿いにあるコンビニですよ。あの時、殺された白井美咲の足跡を追って調べていくうちに、甲州街道の裏側、水道道路にあるマイ

ウェイに、たどり着いたんです」

「白井美咲は、離婚した後、渋谷区笹塚のマンションにしばらく、一人で、住んでいた。その時、自宅の近くにあった、マイウェイで、アルバイトをしていた。そう聞いたので、私たちは、そのコンビニを、訪ねていった。そこで会った店員が、この、浅野圭一だったんだよ」

「そうですよ。この浅野圭一です。間違いありません。あの時、私たちに対して、ぬけぬけと、前にこの店でアルバイトをしていた時に、エメラルドのネックレスを、落としたのでは、といって、白井美咲が店に来たことがある。その時に、目つきの悪い男がやって来て、白井美咲は、ひどくおびえていた。あの店員は、そんなことをいい、怪しい男は、四輪駆動の、富士山ナンバーの車に、乗っていたと、いったんです」

次第に、二人の声が、大きくなる。

「そうだよ。身長は、自分と同じ百七十五、六センチぐらいだった。サングラスをかけて、痩せていて、白井美咲が、その男のことを見ておびえていたので、知り合いですかときいたら、いや、知らない男だといった。しかし、おかしい。知らない男だとは思えなかった。しゃーしゃーと、あの店員は、そんなことを、いっていたんだ」

十津川は、北条早苗に顔を向けて、

「この浅野圭一の身長は、どのくらいなんだ？」

と、きいた。

「今、警部がいわれたように、百七十五、六センチはあると思います」

「間違いないな。あの時の店員の証言も、よく、考えてみれば、おかしかったんだ。何しろ、東京都内の、新宿の近くにある、コンビニだからね。そこにわざわざ、そんな怪しげな男が、それも、富士山ナンバーの、四輪駆動の車で買い物にやって来たというんだからね。富士山の近くにだって、コンビニの一つや二つは、あるだろう？　それなのに、わざわざ、遠くからそのコンビニに来た。つまり、白井美咲に、会いに来た男ということで、私は、店員の話を信用してしまったんだ」

十津川が、悔しそうに、いった。

十津川は、亀井刑事に捜査本部に残ってもらい、早苗と一緒に、笹塚にあるマイウェイに、もう一度、行ってみることにした。

笹塚の水道道路に、あのコンビニが、今日も開いている。

そこで、十津川と早苗は、四日前からの、勤務だという、店員に、会った。三十代の店員である。その店員も、派遣社員だという。

「この近くに、君たち店員のために、寮のようなものが、あるんじゃないのかね？」

十津川が、きいた。

「ありますよ。会社が、中古のアパートを買って、そこに、派遣の店員を住まわせています」

と、相手が、いった。

二人は、店から歩いて十五、六分のところにある、二階建ての、アパートに向かった。

管理人がいた。その管理人も、管理会社から派遣されてきているのだという。

「このアパートの管理を始めて、どのくらいになりますか？」

十津川が、きいた。

「一年半になります」

と、相手が、いう。

北条早苗の持ってきた、浅野圭一の顔写真を、管理人に、見せる。

「この男が、水道道路のところにある、マイウェイで、働いていたことがあると、思うのですが、どうですか？　見覚えがありませんか？」

十津川が、きくと、管理人は、あっさり、うなずいて、

「ええ、この人なら、この寮に住んでいましたが、四日前に、突然、辞めて、ここを出ていきましたよ。刑事さんのいうように、水道道路にある店で、派遣で働いていたんです。ええ、この人です。間違いありませんよ」

「名前は、浅野圭一ですか？」

「ええ、浅野さんです。浅野圭一さんです」

「この男に対して、どんな印象が残っていますか？」

十津川が、きくと、管理人は、紙で作られた電車の模型を、奥から持ち出して、十津川たちの前に置いた。

「どうです、うまくできているでしょう？　これ、浅野さんが、ボール紙で作っ

て、自分で色を塗ったんです。この近くを走っている京王線の車両だそうで、紙で作ってあるとは、とても思えないでしょう？　本物そっくりですよ。こんな妙な才能のある人だったんですよ、浅野さんは」

と、管理人が、いう。

ボール紙で作り、色を塗った電車の模型はたしかに、精巧にできていた。

「水道道路にあるマイウェイですが、浅野圭一と一緒に、この写真の女性が働いていたことは、ありませんか？」

十津川は、白井美咲の顔写真を取り出すと、管理人の前に置いた。

管理人は、その写真を見ると、再び、うなずいて、

「ああ、この女性なら、あの店で、アルバイトをしていたことがありますよ。ただ、この女性は、この寮に住んでいたのではなくて、この近くの、マンションに住んでいたんです」

と、いった。

「浅野圭一と、この女性とが、一緒に、同じコンビニで、働いていたことが、あるわけですね？」

「そうです。去年の、九月半ばから、一カ月ほどでしたが、一緒に、働いていたことは、間違いありません」

「この女性は、白井美咲というのですが、浅野圭一が、彼女に対して、好意を、持つようになっていったということはありませんか？　そういうウワサを、聞いているのですが」

北条早苗が、管理人に、きいた。

管理人が、笑った。

「ええ、浅野さんですけど、たしかに、この女性のことが好きだったと思いますよ」

「どうしてですか？」

「普通なら、白井さんと呼ぶのに、浅野さんは、美咲さん、美咲さんと呼んでいましたから」

「浅野さんは、神奈川県の、小田原にあるマイウェイで、店員をしていたんですが、笹塚に、移ってきています。そういうことは、よくあるんですか？」

「私は、管理会社の人間で、マイウェイの人間ではありませんから、詳しいことは、わかりません。店員が、辞めてしまったりすると、別の店舗から、まわすことが、よくありますよ。断わるとクビだから浅野さんも、こちらに来たんだと思いますけどね」

と、管理人が、いった。

「浅野圭一のことで、ほかに何か覚えていることはありませんか？　どんな小さなことでも、結構なんですが」

と、十津川が、いった。

「そうですね。身長が高いわりに、痩せていましたね。それでも、高校時代は、空手をやっていたとかで。ああ、そうだ、浅野さんが、マイウェイで働いていた時、去年の、九月の下旬頃のことですが、強盗が入りましてね。その強盗を逮捕して、警察から表彰されたことが、ありました。私は、その時に、浅野さんが、空手ができるということを、知ったんです」

「警察に表彰されたんですね？」

「ええ、そうです。小さい記事でしたけど、新聞にも載ったので、あの時は浅野さん、ひどく、得意げでしたね」

「その時、こちらの写真の、白井美咲さんも、あの店で、働いていたんですか？」

「ええ、たしか、働いていたと思いますよ。今思うと、それがよくなかったんじゃないですかね」

と、管理人が、妙なことを、いう。

「いったい、何が、よくなかったんですか？」

「その時の犯人ですがね、六十八歳とかいって、まあ、年齢はいっていますよね。それでも、強盗を、捕まえたので、表彰されたんですが、浅野さんは、自分が、男らしいことをやった、立派なことをやった、それで、新聞にも出たので、きっと、一緒に働いている、この女性、白井美咲さんも、自分を好きになったはずと、思い込んで、しまったらしいんですよ」

「よくある思い込みですね」

十津川が、苦笑して、

「それで、どうなったんですか？」

「浅野さんは、てっきり、この強盗事件をきっかけに、彼女が、自分のことを、好きになったに違いない。そう思い込んで、迫ったんじゃないですかね？　十月の半ばになって、突然、彼女が、辞めてしまったのです。それで、浅野さんに、きいたんですよ。浅野さんが、彼女に迫っているところを、お客さんに見られていますからね。ところが、浅野さんは、彼女が辞めたのは、妙な、男のお客さんが、やって来て、白井美咲さんがおびえてしまって、それで、辞めたんだ。そんなことを、いってましたね。何でも、その男は、東京の人間ではなくて、四輪駆動の車で、前から、白井美咲さんを、追いまわしていたんだそうですよ」

どうやら、浅野圭一は、誰に対しても、富士山ナンバーの、四輪駆動に乗った怪しげな男のことを話していたのだろう。

「それで、管理人さんは、浅野圭一の、話を信用したんですか？」

と、北条早苗が、きいた。

管理人は、小さく首を横に振って、

「いや、信用なんかしませんよ。だって、今もいったように、お客さんの一人が、浅野さんが、彼女に迫って、彼女の体を、触(さわ)っているのを見ていたんですから」

どうやら、その頃から、浅野圭一は、白井美咲に対して、一方的な好意を、持っていたに違いない。

そして、その好意が、次第に、エスカレートしていったのではないのか？

4

捜査会議が開かれた。

黒板には、浅野圭一の、大きな顔写真と名前が書かれ、顔写真のほかに、コンビニ・マイウェイの制服を着た浅野の写真も、張り出された。

「この、浅野圭一を、今回の殺人事件の犯人と考えて間違いないと思われます」

十津川が、三上本部長に、説明した。

「どうして、そう確信するのか、それを説明してくれたまえ」

「殺人の、動機ですが、二つあったように、思われます。一つは、派遣社員として、働いていたマイウェイで、一緒に勤務していた、白井美咲に対する愛情です。浅野圭一は、若く独身ですから、離婚したばかりの、白井美咲のことを、好きになったとしても、おかしくありませんし、とがめられることでも、ありません。問題は、浅野圭一の、思い込みにあったと思われます。この男の経歴を調べると、高校時代までは、大変恵まれた、境遇で育っています。練馬区石神井町に、父親が経営していた大きな模型店が、ありました。店員が五人もいる、その方面では、よく、知られていた有名店だったと、いわれています。浅野圭一は、その店の一人息子として育っています。また、浅野自身、手先が器用で、高校時代は、鉄道のジオラマを作ってコンテストに参加し、優勝したこともあるそうです。そのほか、高校時代の彼は、空手を習っており、初段の腕前でした。そうしたことが、浅野圭一に、必要以上の、自信を持たせてしまったのではないかと思います。ところが、彼が、大学に入った時に、父親が、事業に失敗し、経営していた模型店は、倒産してしまいました。その結果、多額の借金もできて、父親は自殺、その後、母親も心労からか、病死しました。借金のほうは、父親のかけていた保険で、何とかなりましたが、浅野は、大学を中退、働くようになりました。大学を、中退ということになると、有名な、大会社には、就職できません。現在、三十歳ですが、それまで、正社員としては、働けず、中小企業の町工場や、派遣社員として働いていました。特に長かったのは、マイウェイという全国展開しているコンビニです。このコンビニは、関東地区だけでも二千店くらいの店があり、その店の多くに、店員を住まわせるために中古のアパートを購入して、それを、寮のように使っていて、浅野は、勤務地近くのアパートに、ずっと住んでいたように、思われます。昨年のことですが、東京の笹塚の店で、働いている時に、白井美咲が、九月半ばから、十月半ばまで、アルバイトで、同じマイウェイで働いていたことが、あります。その時に、二人は、知り合ったようです。そんな時に、店に六十八歳の、強盗が入り、浅野圭一は、高校時代に学んだ空手を使って、強盗を捕まえ、警察から、表彰されました。そのことは、小さい記事ですが、新聞にも、載りました。そのことが、浅野の心理に、奇妙な形で、影響を与えたのです。大学中退、父親の事業が失敗して倒産、そして、父の自殺、自分は正社員にはなれず、派遣社員として働いている。その引け目が、強盗を捕まえてニュースになった途端に、今度は、誤った自信に、なってしまったのです。強盗を捕まえ、新聞に載った、自分に対して、アルバイトで来ていた白井美咲が、尊敬の念を抱いたのではないか？　好意を持ったはずだと、勝手に思い込んでしまったのです。その後、浅野圭一は、白井美咲に迫って、肩を抱いたりしているところを、お客に見られています。ところが、白井美咲は、怒って、この店を、十月の半ばに、突然、辞めてしまいました。白井美咲に逃げられたことに、浅野は腹を立て、自尊心が、傷つけられたので、今年の二月十四日、とうとう、白井美咲を殺してしまったのです」

十津川は、一息ついてから、次に、自分の考えを披露(ひろう)した。

「もう一つの問題は、鉄道模型、ジオラマ製作の、天才といわれた中島英一殺しについてです。これには、白井美咲がからんでいますが、そのほかに、浅野圭一の鉄道模型マニアとしての自尊心が働いていたと、考えています。最初、私たちは、中島が天竜二俣駅の駅舎の裏で、足を見た女性が、白井美咲とは、気づかず、その後、白井美咲が、心臓発作で、急死したことを知り、駅舎の裏の、女性だったのでは、と考え、死体が移動させられていることに、疑惑を持って、あの駅の特徴のある転車台を含めたジオラマを、自分で作り、コンテストに応募することに決めたと考えたのです。犯人は、駅舎の裏で、白井美咲を殺したことを、中島に見られていたのではないかと、そう思い込み、その後、中島を殺して、中島が作った、天竜二俣駅のジオラマを、多摩川の河原で、燃やしてしまった。中島の作ったジオラマに、白井美咲と思われる死体があったこと、そのことが怖くなって、中島を殺して、ジオラマを燃やしてしまった。私たちは、そう考えていたのですが、そんな、単純なことでは、なかったのです。これは、私の想像になりますが、犯人である浅野圭一は、コンビニで、一緒に働くようになった、白井美咲の気を引くため、自分が作った、鉄道模型を見せたのです。当然、誉めてくれる、と思っていたにもかかわらず、神経を、逆撫でされるようなことをいわれたのでしょう。白井美咲は、浅野から、逃げたい一心で、自分の同級生、いや、再婚相手は、ジオラマ名人といわれる、あの中島英一だと。その一言が、浅野の逆鱗に触れ、白井美咲ばかりか、中島に対しても、殺意を抱かせる、結果を招いた。二月十四日のバレンタインデーも、田舎の浜松に帰っている、白井美咲が、中島と、会うのではないか、という嫉妬に駆られ、出かけていったのでしょう。そして、犯行後、中島の姿を、見たのだと思います。それは、犯人の、鉄道模型へのというか、ジオラマに対する異常な、執念といったものが原因です。犯人は、中島を殺した後、問題のジオラマを徹底的に壊し、その上で、燃やしてしまいました。そんなことをする必要は、まったく、なかったのです。この時点で、浅野圭一は、容疑者として、まだマークされていませんでしたし、ジオラマだって、隠してしまえば、それで済むことだったのです。ところが、壊した上に、燃やしてしまった。それだけではありません。われわれが、犯人をあぶり出す手段として、そのジオラマの、複製を作り、中島英一のファンに贈るというと、友だちの名前で、申し込んでいるのです。こう考えてくると、殺人を知られたと思ったせいで、ジオラマを、燃やそうとしたという考えだけでは、理解できない、犯人の異常な執念のようなものが、感じられます。私が勝手に解釈しますと、次のようなストーリーが考えられるのです。浅野圭一が、大学生になった時、父親が、練馬の石神井町でやっていた大きな模型店が、突然、倒産し、そのために両親は、相次いで、死んでしまいました。浅野は、大学を中退せざるを、得なくなりました。その後、三十歳になった今日まで、派遣などで、働いてきました。そんな浅野にとって、誇れるものが、二つだけありました。空手初段の腕前と、高校生の時の大会で、彼の作ったジオラマが優勝したことです。この二つが、かろうじて、浅野圭一の誇りになっていたと、思われます。ところがこの二つの自信というか、栄光が、ある時から、悪く働くようになるのです。白井美咲を殺し、次に、鉄道模型とジオラマ製作の天才といわれる中島英一を殺し、いや、殺しただけではなくて、彼の作ったジオラマを壊して、その上、燃やしてしまったのです。その後も、このジオラマに対して異常なほどの反撥を示すのです。これが、浅野圭一を、今回の事件の犯人として見た時の、異常な殺人の動機です」

十津川が、長い説明を終えると、三上本部長が、

「君の考えはわかったが、現在、容疑者の浅野圭一がどこにいるのか、わかっているのかね?」

と、きいた。

「浅野圭一は四日前、笹塚のコンビニを唐突に辞めて、現在、行方不明です。四日前というと、沢木敦司殺害の二日後のことです。おそらく、捜査の手が、伸びてくることを予想して、失踪したと、思われます」

「それでは、今後、どうしたら、浅野圭一を逮捕できると、君は、思っているんだ? 君の考えを聞かせてくれ」

「今も、お話ししたように、浅野圭一は、三十歳の現在まで、中小企業や、派遣社員などとして働いてきました。逃亡中の今は、中小企業でも、正社員として働くことは、むずかしいと思います。たぶん、どこかで、アルバイト店員として、

働いているのではないかと、思っています。今までいちばん長く働いていたマイウェイというコンビニの可能性も、ありますし、別のコンビニ、コーヒーショップ、ファーストフードの店など、そうした店は、北海道でも九州でも、どこにでもありますから、そういうところで、働いているのではないかと、考えまして、各道府県警に、協力要請をし、浅野圭一の写真と、今までの経歴、三つの殺人事件にどう関係しているかを書いて、ファックスで送っております。持っている所持金が少なければ、すぐにでも住居つきの店で働きたいと思うはずで、選ぶところも限られてきます。そう考えれば、浅野に関する情報が、協力要請した各道府県警から届くのは、それほど、時間はかからないと、期待しているのです」

第七章　事件の終わり

1

容疑者、というよりも犯人は、浅野圭一とほぼ決まった。現在、浅野圭一は、逃亡中である。

その浅野圭一を、いったい、どうやって、見つけ出すのか。さらに、どうやって逮捕するのか。

ヒントになりそうなのは、浅野圭一が、三十歳になった今日まで、ほとんどマイウェイのようなコンビニで派遣社員として働いていて、それ以外には、職歴がないことだった。

今は、不況で、就職がむずかしい。金に困った浅野圭一は、おそらく、今までと同じように、マイウェイのようなコンビニやファーストフード店、あるいは、建設現場などで、アルバイトとして、働こうとするだろう。

十津川は、そう考えて、全国の各道府県警に浅野圭一の顔写真と、身体的な特徴、性格などをまとめた資料を、ファックスで送って、もし、彼を発見したら、すぐ、知らせてくれるようにと、要請した。

もう一つは、浅野圭一の奇妙な性格を逮捕に、生かす方法である。

浅野圭一は、かなり大きな模型店の一人息子として生まれている。そのせいで、子供の時から、模型に親しみ、鉄道や飛行機や車の模型を作ることが好きで、それが得意でもあった。

高校時代には、全国大会に、鉄道のジオラマを出品して優勝したこともあるというから、ジオラマ作りの腕前も、それなりのものが、あったのだろう。

その後、父親のやっていた模型店が、倒産して、父親は自殺、母親は病死して、一人になってしまった。

そのため、大学を中退し、彼自身は、そのせいで、大企業に入社したり、公務員などには、なれず、三十歳の今までずっと、中小企業で、派遣社員としての生活を、送ってきた。少なくとも本人は、そう思っている。

ただ、その間も模型作りは好きで、特に鉄道のジオラマは、どんなに落ち込んでいる時も作っていたらしい。そのため、ジオラマ作りの名人といわれた中島英一には、異常なほどのライバル心を燃やしている。

名人、中島英一のほうは、ジオラマコンテストに、出品して二年連続で優勝し、その名を、高めていった。

それに対して、浅野圭一のほうは、中島英一と、同じように毎年、コンテストに応募してはいたが、優勝したことは、高校生大会を除けば、今までに、一度もない。

おそらく、その感情が、中島英一殺しと白井美咲殺しに、つながっているのだろうと、十津川は、見ていた。

その上、中島英一を、殺した後も、依然として、中島英一の才能に対して、また、白井美咲の恋敵（こいがたき）として、ゆがんだ、強い嫉妬心（しっとしん）というか、敵愾心（てきがいしん）のようなものを、持ち続けている。浅野圭一の、この感覚は、たぶん死ぬまで抜けないだろう。

しかし、各道府県警からは、容疑者、浅野圭一を発見したという連絡は、なかなか来なかった。

そこで、捜査会議で、十津川は、三上本部長に、

「私は、浅野圭一を、罠にかけたいと思います」

と提案した。

2

三上本部長は、ジロリと、十津川の顔を見た。

「君は、今までにも、何回か、犯人に罠を仕掛けようとしたんじゃないのかね？しかし、いずれも失敗した。だから、今度、また罠にかけようとしても、浅野圭一が、罠にかかるとは、とても、思えないのだがね」

と、いった。

「たしかに、本部長が、おっしゃったように、何回も、犯人を罠にかけようとし

ました。残念ながら、それは、功を奏さず、いまだに、犯人を逮捕できずにいます。しかし、今回の事件の犯人は、罠とわかりながらも、自分から罠に、近づいてくるような、人間なのです。それが、浅野圭一の大きな特徴です」

「それで、君は、どんな罠を、仕掛けるつもりなのかね？」

三上本部長が、きいた。

「それには、ある前提が必要なのです。今、その前提が、現われるのを、待っているところです」

十津川が、思わせぶりに、いった。

「どんな前提かね？」

「それは、前提が、現われた時に、ご説明いたします」

とだけ、十津川が、いった。

十津川は、そのチャンスがやって来るまでの間に、浅野圭一に関する資料を、全て集めることにした。

浅野圭一が働いていたコンビニで、使っていたもの。その寮に、住んでいた時に、彼が、そこに、残していったもの。例えば、ボール紙で作り、色を塗った、鉄道模型とか、ジオラマとか、彼が姿を消した時、寮に置いていった下着や、壊れた腕時計、指紋のついたボールペン、ソックスや、サイズ二十七センチのスニーカー、夜中、お腹が空いた時に、食べたと思われるチューブ式のカロリーメイト。

それにも、浅野圭一の指紋がついている。

十津川は、そんなものを全て集めて捜査本部に持ち込み、古びたものは、その時にそなえて、新しいものに、取り換えておいた。

そして、ひたすら、待った。

日本全国の梅雨が明けて、暑い夏の日差しが、降り注ぐ季節になった。

それでも浅野圭一の消息は、依然として、つかめない。

七月二十五日になって、ようやく、十津川の待ち望んでいた知らせが、届いた。

福井県東尋坊で、三十代の男の水死体が、浮かんでいるのが、発見されたという知らせだった。

福井県警からは、飛び込み自殺と思われるという、連絡が入った。

十津川は、福井県警に連絡を取り、死体をすぐに近くの病院に、運び、司法解剖をするといって、マスコミから、引き離してほしいと、要請した。

そうしておいて、十津川は、部下の刑事と鑑識を連れて、福井県の東尋坊に向かった。

十津川たちは、死体が、運ばれた病院に直行し、そこで、県警の、荒川という警部の出迎えを受けた。

十津川は、荒川警部に向かって、

「まず、死体を、見せていただけませんか？」

と、いった。

十津川と亀井は、病院内の霊安室に案内された。

そこには、東尋坊沖で、発見されたという男の死体が、安置されていた。年齢は三十歳くらいだろうか。

十津川は、丹念に死体を見ていた亀井に向かって、小声で、

「どうだ？」

と、きいた。

「身長、体重などの数字は、よく似ていますが、残念ながら、顔は、似ていませんね」

と、亀井が、いった。

「そのほかは？」

「年齢は三十くらいですから、合致しています」

「それなら、大丈夫だ」

と、十津川は、うなずいた。

十津川は、そばにいた医者と、荒川警部に向かって、

「死因は何ですか？」

と、きいた。

「溺死（できし）です」

と、医者が、答える。

「県警の判断は、自殺ですか？　それとも、事故死、あるいは殺人？」

と、十津川が、きく。

「今のところ、遺書は発見されていませんが、崖（がけ）の上に、この男のものと思われる靴が揃（そろ）えて置いてありましたから、おそらく、自殺でしょう。体に、外傷もありませんから、自殺と断定していいと、思います」

と、荒川が、いった。

「身元は、わかりましたか？」

「今のところ、まったくわかりません。免許証や名刺、あるいはクレジットカードとか、身元を証明するようなものを、何も持っていないのです」

「この近くの、旅館かホテルに、泊まっていたわけですか？」

「それも、調べましたが、似た男が、泊まっていた形跡はありません。男は、まっすぐ、東尋坊にやって来て、飛び込んだものと思います。飛び込んだのは、おそらく、昨夜遅くでしょう。昼間ならば、観光客がいますから、飛び込むところを目撃すれば、警察にすぐ連絡が入ったでしょうし、沖合には、船が出ていますから、すぐ救助に向かったはずです」

と、荒川警部が、いった。

（今のところ、全てＯＫだ）

十津川は満足した。

次の日、十津川は、県警本部で記者会見を開いた。

「昨日、福井県警より、東尋坊で男性の溺死体が、発見されたという連絡が、警視庁に入りました。身長、体重、それから、顔立ちなど、現在、中島英一さん、ならびに白井美咲さん、沢木敦司さんの殺人容疑で、容疑者として、全国の警察に身柄発見とその確保を、協力要請している浅野圭一に、よく似ている。それで昨夜遅くですが、私たちは、鑑識を連れて、こちらに急遽、駆けつけました。問題の溺死体と対面したところ、間違いなく、浅野圭一であることが、確認されました。死体が身につけていたもの、所持していたものを、ここに並べました。スニーカー、腕時計、ボールペン、それから、このNゲージのサンダーバードは、男が着ていたジャケットのポケットに入っていたものです。また、同じくジャケットのポケットには、食べかけのカロリーメイトが、入っていました。崖の上に脱ぎ捨ててあったこのスニーカーは、浅野圭一が、愛用していたものです。また、セイコー製のスポーツタイプの腕時計も、浅野圭一が、よく身につけていたもので、浅野圭一の指紋が、検出されました。また、Nゲージの北陸本線を走る特急サンダーバードの先頭車ですが、ここにも、浅野圭一の指紋が、ついていましたから、おそらく、自分で作って、いつも、ジャケットのポケットに入れて、持ち歩いていたものだと思われます。こうした所持品や、死体の背格好などを厳密に調べて、われわれ警視庁が、殺人事件の重要参考人として追い駆けていた浅野圭一に、間違いないと、確信しました。こうした形で、浅野圭一が発見されたことについて、いかにも残念でなりません。私たちは刑事ですから、最高の幸せは、生きている犯人に手錠をかけることですが、今回は、それができませんでした。しかし、これで事件は解決し、浅野圭一に、殺された中島英一さんや、白井美咲さん、沢木敦司さんの霊も、慰められるものと、考えています。生きたままの犯人を、捕まえられなかった悔しさがあったとしても、ホッとしているところです」

「なぜ、浅野圭一が、東尋坊から飛び降りて、死んだと、思われますか？」

記者の一人が、きいた。

「私たちは、今回の一連の事件の犯人が、浅野圭一であると確信し、全国の道府県警に、浅野圭一の写真を配り、もし、見つけたら、ただちに知らせてほしいと要請しました。全国に顔写真が配られ、追いつめられ、東尋坊から身を投げて、自ら、命を絶ったものと思われます」

その日の夕刊に、浅野圭一自殺の記事が載った。

「鉄道ジオラマの名人といわれた中島英一さんと、彼と親しかったといわれている白井美咲さん、さらには、沢木敦司さんを殺した事件の、容疑者である浅野圭一が、七月二十五日、東尋坊から、身を投げて、溺死体で発見された。

この知らせに、事件を担当していた警視庁捜査一課の刑事たちが、急遽、東尋坊に駆けつけ、溺死した男が、容疑者の浅野圭一であることを、確認した。

これで、二月十四日に、始まった殺人事件は、五カ月後の、七月二十五日、犯人の自殺によって幕を閉じたと、警視庁が発表した」

十津川たちは、溺死体を、冷凍保存することを、福井県警に頼み、東京に戻った。事件が解決した後、この死体の家族が現われた時のためである。

テレビも、浅野圭一の自殺によって事件が解決したと、報道した。

それから一週間、十津川は、辛抱強く待った。すぐ、罠をかけては、犯人の浅野圭一に用心される恐れがある。それを、心配したのである。

違法捜査は、承知の上で、事件が解決すれば、マスコミからの、批判などは、甘んじて、受ければいい、と考えていた。浅野圭一を、おびき寄せて、逮捕するには、この罠を、仕掛けるしか、なかったからである。

八月二日、十津川は、ジオラマワールド社の社長、小笠原伸行と、社員の望月江美の二人を、警視庁に呼んだ。

「今回、中島英一さんを殺した犯人が、ご存じの通り、東尋坊で、投身自殺をしました。これで、今回の事件は、一応の解決を、見たのですが、実は、ジオラマワールド社に、お願いしたいことがあるのです」

と、いった。

「ウチで、できることでしょうか？」

と、小笠原社長が、いった。

「もちろんです」

「どんなことですか？」

「今も申し上げたように、中島英一さんを殺した犯人が、東尋坊で自殺したことで、事件は、一応、解決しました。そこで、ジオラマ作りの名人といわれた、中島英一さんを、偲(しの)んで、もう一度、何かやりたいのです。ただ単に、犯人が死んだというだけでは、中島英一さんは救われないのではないかと、思うからです。ジオラマワールド社が、主催する形で、もう一度、中島英一さんを、称えるようなイベントを開催すれば、それで初めて、中島英一さんと、彼が好きだった白井美咲さんの霊が浮かばれるのではないか？　そして、中島英一さんの妹さん、中島あかねさんも、喜んでくれるのではないか？　そう思っているのですが、どうでしょう、協力していただけますか？」

「そうですね。正直にいえば、うちにプラスになることなら、喜んでご協力しますが、具体的に、どんなことを考えているんですか？」

小笠原社長が、きき、望月江美が、十津川を、見た。

「もう一度、ジオラマワールド社の主催で、ジオラマの、コンテストをやっていただけませんか？　今回は、亡くなった中島英一さんを、顕彰するようなコンテストです。例えば、各分野に、いろいろな、賞があるじゃないですか？　文学でいえば、芥川龍之介を、顕彰する形で、芥川賞があります。それと同じように、亡くなった中島英一さんを称える形で、中島英一賞を創設するのです。その中島英一賞を競うコンテストを開催していただきたいのですよ」

「中島英一賞とすると、開催するのは、やはりジオラマのコンテストということになりますね」

と、望月江美が、いう。

「そうです。中島英一さんが、最後に作ったのは『転車台のある風景』というタイトルのジオラマで、実在する、天竜浜名湖鉄道の天竜二俣駅が、モデルになっています。ですから今回は、そのジオラマだけのコンテストをやっていただきたいのです。モデルは天竜二俣駅で、そして、転車台のある風景を作ることが、コンテストの応募条件になります。このジオラマを募集して、優勝を競うのですよ。また、名人、中島英一さんの後継者を探そうということを、目的にしていただいても構いませんよ。賞金は、われわれ警察がご用意します。最低でも五百万円は出せますから、かなり大きなコンテストになるんじゃありませんか？　どうですか、協力していただけませんか？」

「本当に、警察は、五百万円もの賞金を出せるんですか？」

小笠原社長が、念を押すように、きいた。

「今回の殺人事件については、われわれ警察は、後手後手にまわってしまい、最後には、生きたまま犯人を逮捕することもできず、自殺されてしまいました。事件は一応、解決しましたが、中島英一さんにも、白井美咲さんにも、沢木敦司さんにも申し訳ないと思っているので、五百万円の賞金は私が、必ず用意するようにします」

「本当ですね？　絶対に、間違いありませんね？」

ジオラマワールド社の小笠原社長が、さらに念を押した。

「ええ、間違いなく出します。もし、警察がシブった時には、私が、個人的にでも、五百万円を用意しますよ」

十津川は、今まで、捜査に、全面的に協力してくれた、二人に、捜査の裏側を、話せないことを、後ろめたく、思いながらも、胸を張って見せた。絶対に、この罠が、マスコミなどに、漏れることは、避けなければ、ならなかった。敵を欺く（あざむく）には、まず、味方からと、自らに、いい聞かせた。

3

一週間後、ジオラマワールド社の名前で、新聞に、広告が載った。

「名人、中島英一を継ぐ者は誰か？　次の名人を探すジオラマコンテストを開催」

これが見出しで、本文は、こうなっていた。

「今回、ジオラマ作りの名人、中島英一さんを殺した犯人が、東尋坊で身を投げ、自殺しました。これで、事件は終わりました。

祝杯を上げたいところですが、ジオラマワールド社では、鉄道模型、あるいは、ジオラマ作りの名人といわれた中島英一さんの後継者に、一日も早く、出てきてほしい。そこで、中島英一賞を、創設し、コンテストを開催したいと考えました。

賞金は、五百万円が用意されます。

今回のコンテストが募集する作品は、中島英一さんが最後に作った天竜二俣駅を、モデルにしたジオラマです。

天竜二俣駅には、古い転車台があって、いまでも、稼働しています。中島英一さんは、最後の作品として、その転車台を、モデルにしたジオラマを、作ったのです。

彼の後継者を任ずる人であれば、ぜひとも、彼と同じように、天竜二俣駅を、モデルにした、転車台のあるジオラマを作って、応募していただきたいのです。

その応募作品の中から、私たちは、第二の中島英一さんが、発掘されることを、心から願っております。

締切は九月十五日、発表は九月二十日を予定しております。

それでは、皆さんのご応募を心からお待ちしております。

ジオラマワールド社」

ジオラマワールド社の、小笠原社長や望月江美は、この広告を見て、多数の人

間が、応募してくるだろうと十津川に、いった。五百万円の賞金は、かなり魅力的な金額だし、さらに、

「何しろ、ジオラマ作りの名人、中島英一の後継者選びの、コンテストですから、大きな話題になると、思います」

望月江美が、いった。

十津川としては、その応募者の中に、浅野圭一が入っていることを願っているが、おそらく、この願いは叶えられるだろうと、読んでいた。

何しろ、中島英一賞だし、第二の中島英一の発掘である。浅野圭一という男は、自分で、ジオラマを作って、応募せずには、いられなくなるだろう。だから、絶対に、作品を送ってくるに違いない。十津川は、そのことを、確信していた。

十津川は、次に、ジオラマワールド社の社長に、フィギュア作りの名人がいれば、紹介してほしいと、頼んだ。

そして、紹介されたフィギュア作りの名人は、野々村晃という今年四十五歳の男だった。

野々村は、数々のフィギュアコンテストで優勝している男で、この世界の第一

人者だという。

その野々村に、十津川は、こんなことを、頼んだ。

「実は、一人の実在の女性をモデルにして、彼女の、等身大のフィギュアを作っていただきたいのですよ」

十津川は、そういって、白井美咲の写真を、野々村に見せた。

写真は、全部で、十枚である。顔写真、全身の写真があり、ほかには、白井美咲のさまざまな表情をとらえたスナップ写真も、用意されていた。

服装のほうは、二月十四日に、殺された時に着ていたのと同じ服装を、野々村に示した。

「どういう表情の、フィギュアがいいのでしょうか？」

と、野々村が、きく。

「そうですね、やはり、笑顔がいいですね。ニッコリと、微笑んでいるような表情にしてください」

十津川が、いう。

「それで、いつまでに、作ればいいのですか？」

「できれば、八月いっぱいで作っていただきたいのですが、可能でしょうか？」

十津川が、きいた。

「八月いっぱいですか。やってみましょう」

と、野々村が、いってくれた。

その言葉通り、野々村晃は、きっちり、八月三十一日に、白井美咲の、等身大のフィギュアを作り上げて持ってきてくれた。

さすがに、フィギュア作りの名人といわれるだけのことはある。笑顔の美しい、色っぽい白井美咲そっくりの、フィギュアが出来上がっていた。

そこまで用意したあとは、十津川にとって、ひたすら待つだけの時間になった。

九月に入ると、ジオラマワールド社のほうに、少しずつ、応募のジオラマが、送られてきた。

十津川が、もう一つ用意しておいたものがある。

それは、今回のコンテストと同時に、天竜二俣駅の周辺に、インターネットを使って、ライブで、映像が見られる、何台かの監視カメラを、静岡県警を通して、設置してもらったことである。

その監視カメラから、今回のコンテストに、応募するジオラマ作りの名人たちが、天竜二俣駅にやって来ては、駅の写真を撮ったり、転車台が動かされたりしている様子が、見て取れた。

天竜二俣駅には、刑事二人を、交代で、張りつかせてある。

監視カメラの映像に、浅野圭一の姿が、映し出されることを、辛抱強く、待っていた。

これが十津川の仕掛けた罠の全てである。浅野圭一が東尋坊で自殺したという記者会見の発表と、それを報じた新聞の記事やテレビのニュースを見て、果たして、浅野圭一本人は、どう、反応してくるか？

おそらく、疑心暗鬼にとらわれるだろう。それでも、浅野圭一は、間違いなく、今回の、コンテストに応募してくると、十津川は、確信していた。

浅野圭一という男は、そういう、性格であり、その誘惑から逃げられない男なのだと、十津川は、信じていた。

浅野圭一は、鉄道模型や、ジオラマを作る自分の才能に、自信を持ち、いつの日にか、鉄道のジオラマを作って、それをコンテストに出品して優勝してやると、そう思っている男である。そして何よりも、中島英一に、勝ちたいし、第二の中島英一になりたいのだ。

だから、多少の不安があっても、彼は、今回のコンテストに、必ず応募してくるに違いないのだ。

応募してくる以上は、優勝したいはずである。モデルの天竜二俣駅にやって来て、駅舎の写真を撮ったり、転車台に、乗ってみたりするのではないか？　そのことも、十津川は、確信していた。

しかし、天竜二俣駅に、用意した監視カメラには、浅野圭一の姿は、なかなか、映らなかった。

「浅野圭一は用心して、天竜二俣駅には、姿を、見せないのではありませんか？」

そんなことをいう刑事も、出てきた。

「今回のコンテストの応募要領には、モデルは、天竜二俣駅で、転車台のある風景を模したジオラマを作ることが、条件になっているんだ。だから、絶対に、浅野圭一は、天竜二俣駅に、やって来ると、私は、確信している」

と、十津川は、きっぱりと、いった。

「それでも、浅野圭一は用心して、天竜二俣駅には、行かず、天竜二俣駅や、転車台の写真を、手に入れて、それを参考にして、ジオラマを、作るのではありませんか？　その可能性も否定できないと思うのですが」

と、若い刑事の一人が、十津川に、いった。

「それはない」

「どうしてですか？」

「浅野圭一という男は、単なる遊びで、今回のコンテストに応募してはこない。応募するからには、今回のコンテストで、絶対に優勝してやる。そんな気持ちで、応募してくるはずだ。とにかく、名人といわれた中島英一の後継者といわれたい。中島英一を凌駕（りょうが）する才能の持ち主だと、人から、いわれたいんだ。そんな浅野圭一が、写真だけを見て、ジオラマを作るとは、絶対に、思えないね。自分こそがナンバーワンになりたい。そう思うのが浅野圭一という男なんだ。だから、天竜二俣駅にやって来て、間違いなく、転車台を、自分の目で見るはずだよ」

その十津川の言葉を、裏付けるように、九月八日になって、やっと監視カメラに、浅野圭一の姿が、写った。

さすがに用心しているらしく、サングラスをかけ、ひさしの深い帽子を、かぶってはいたが、浅野圭一であることは、十津川には、すぐ、わかった。

浅野は、朝早く、一人で現われたのだが、ほかの人間たちが現われると、すぐ、姿を消してしまった。

十津川は、監視カメラに映った、その男が浅野圭一であることを確信したが、刑事の中には、別人ではないかという者もいた。

たしかに、サングラスをかけ、帽子を深くかぶり、よく見れば、ヒゲまで生やしている。別人だといわれても、おかしくはない感じだった。

そこで、十津川は、浜松の警察署に連絡して、その男が触ったと思われる駅や、転車台の場所から、慎重に指紋を採取してもらった。

採取した指紋を、鑑定した結果、その男は浅野圭一本人であると、断定された。

彼が、監視カメラに初めて映った時刻は、その日の、午前五時二十三分である。

この日の日の出の時刻は、五時二十四分だから、浅野圭一は、日の出とともに、天竜二俣駅に現われたと考えていいだろう。

「おそらく、浅野圭一は、暗いうちから、車で、天竜二俣駅にやって来ていて、明るくなると同時に、駅や転車台を見てまわったんだと、思います。だんだん、時間が経って、ほかにも人が出てくると、逃げるようにして、姿を消したんだと思いますね。やはり、用心深いんですよ」

亀井が、いった。

「そんなことまでして、今回のコンテストに応募したいんですかね？　その気持ちが、私には、わかりませんね」

若い西本刑事が、首をかしげながら、いった。

そんなに人の目が怖いのなら、コンテストに応募することなど、考えないほうが、気楽でいいのではないか？

西本が、盛んに、首をかしげているのは、つまり、そういうことだろう。

「それは、普通の人間の考え方だ。浅野圭一の気持ちは、浅野圭一の身になって、考えなければ、わからないんだよ」

十津川が、いった。

「しかし、浅野圭一は、警察に捕まるのが怖いんでしょう？　われわれが、東尋坊でやった芝居も、ひょっとすると、警察の罠ではないかと、疑っているかもしれません。それならば、天竜二俣駅などには行かずに、さっさと逃げたらいいのではありませんか？　それが、わかりません」

と、西本が、いった。

「たしかに、逃げたほうが、いいのかもしれない。浅野圭一の気持ちになって考えてみようじゃないか？　浅野圭一は、小さい時から、模型やジオラマ作りに、自信を持っていた。高校時代には、ジオラマコンテストに優勝したこともある。それなのに、今の、浅野圭一ときたら、ひたすら、逃げまわっていて、何一つ、誇れるものがない。浅野圭一という男にはそれが耐えられない。それだけ、自尊心が、強いからだよ。自分の才能を、世間に認めさせたい。ただ逃げまわっているばかりでは、生きている甲斐がないと、浅野は、考えているはずだ。警察は、浅野圭一が、死んだと考えているらしい。これは、罠かもしれないが、自分のトクになるほうに、賭けてみよう。もちろん、本名ではなく、偽名で応募して、もし、優勝でもしたら、浅野圭一の自尊心は、満足させられるんだよ。だから、浅野圭一は、危険だ、罠だと、わかっていながらも、天竜二俣駅に現われたんだ。しかし、ほかの人間が現われたので、すぐ、姿を消してしまった。短時間だったから、十分な観察ができたとは思えない。だから、たぶん、明日も、今日と同じ時間に現われるだろう。そして、天竜二俣駅を観察し、転車台をよく見て、『転車台のある風景』というジオラマを、最終的に完成させ、今回のコンテストに応募するはずだ。そのことが、今の浅野圭一にとって、唯一の、生き甲斐になっているんだ。だから危険だとはわかっていても、止めることは、今の彼には、できないのだろう。つまり、彼自身を滅ぼすことになる。そのことにも気づいているはずだが、自分自身の衝動を止めることができないんだな。だから、明日も必ず、現われると、私は、確信している」

「それで、明日、浅野圭一が、現われたら、どうしますか？」

亀井が、きいた。

「もちろん、必ず逮捕するさ。絶対に逃がさないよ」

十津川は、きっぱりと、宣言した。

その日のうちに、十津川は、部下たちを連れて、浜松へ移動した。

しかし、次の日は、朝から、雨になった。その上、風も出てきて、一日じゅう、嵐のような天気になってしまった。

これでは、もちろん、浅野圭一も現われないだろう。

幸い、夕方には、天気が回復した。

そこで、翌日、十津川は、天竜二俣駅に、罠を、仕掛けることにした。

日の出は、午前五時二十五分である。

十津川たちは、まだ暗い四時頃から、天竜二俣駅に行き、転車台の周囲に、張り込むことにした。

十津川は、フィギュアの名人の、野々村晃に作らせた、白井美咲の等身大のフィギュアを、部下の刑事に持ってこさせると、運転台に、坐らせた。遠くから見ると、まるで、白井美咲が生きていて、運転台に、坐っているかのように見える。

それぐらい、精巧に出来たフィギュアだった。

時間が経つにつれて、駅の周辺が、少しずつ明るくなっていく。

十津川たちは、身を伏せて、じっと、浅野圭一が来るのを待った。

突然、駅舎の陰から、サングラスをかけ、帽子を深くかぶった男が、現われた。

よく見ると、口ヒゲもある。監視カメラに映っていた浅野圭一である。

彼は、身をかがめるようにして、素早く動きながら、時々、デジカメで、駅舎や転車台の風景を撮影している。

その浅野圭一の足が、突然、止まってしまった。

立ち上がると、茫然と、転車台の運転台を見つめた。

4

十津川は、じっと、浅野圭一を見つめた。ふいに、浅野は小走りに、転車台の運転台に近づいていった。

ドアを開けると、浅野は、運転台に飛び込んでいった。それを、待っていたように、転車台の周辺に、隠れていた十津川たちが、一斉に立ち上がった。

十津川は、用意してきたマイクを使い、浅野に向かって、

「浅野圭一、殺人容疑によって、お前を逮捕する！　神妙にしろ！」

と、大声で、怒鳴った。

二十人を超す刑事たちが、転車台を円形に取り巻いた。

運転台に坐って、白井美咲のフィギュアを抱くようにしていた浅野圭一は、顔

色を変え、次の瞬間、運転台のスイッチを、入れた。

モーターの唸る音が響き、転車台がゆっくりと、まわり始めた。

その動きにつられて、刑事たちの中には、動き出した転車台を追いかけようとする者が出てきた。

「そのままにしていろ！　もう逃げられないんだ！」

十津川は、大きな声を、出した。

ゆっくりと、転車台が、動く。

運転台にいる浅野圭一は、転車台が動いている限り、自分は、捕まることはないのだと信じているかのように、運転台の中で必死になって、スイッチを入れたり、切ったりを繰り返している。

浅野圭一は、白井美咲のフィギュアを抱き、眼を光らせて、キョロキョロと周囲を見まわしていた。

転車台が停止した瞬間に、刑事たちが、運転台に殺到してくるだろう。そうならないように、必死になって、浅野は、運転台で操作をしているのだ。

しかし、昭和十五年に造られた、古い転車台である。今でも現役だが、かなり傷んでいる。狭い四角い運転台に、大きな石が三つも入れてあるので、うまく、重量バランスを保たないと、この年代物の転車台は、止まってしまうのだ。

十津川は、転車台の責任者に、そんな話を聞いたことがあった。

急に、転車台が、ギシギシと音を立てて、軋み始めた。おそらく、等身大のフィギュアを、運転台に押し込んだために、重量の配分がうまく、取れなくなり、転車台がこすれて、軋み始めたのだろう。

少しずつスピードが落ち、やがて、転車台は、止まってしまった。

十津川は、ゆっくりと運転台に近づいていった。

途端に、浅野圭一は、蹴飛ばすように運転台のドアを押し開け、積んであった大きな石の塊を、近づいてくる刑事たちに向かって、蹴り落とした。

だが、運転台に積まれた石は、全部で三つしかない。それが全部突き落とされた後、浅野圭一は、白井美咲のフィギュアを抱えるようにして運転台から飛び降りた。

それに向かって、刑事たちが飛びついていった。たちまち、二人三人と、浅野圭一の体に、刑事たちが飛びつき、組み伏せると、手錠をかけた。

「浅野圭一、観念しろ！　これで終わりだ！」

十津川が、大きな声で、宣言した。

5

浅野圭一の身柄は、パトカーで浜松の警察署に移送された。

十津川と亀井の二人が、まず、浅野圭一を尋問した。

「これから君の尋問を開始する。君は浅野圭一だ。これで間違いないね？」

十津川が、きいた。

浅野は、ぽかんとした顔で、十津川を見返している。

十津川は、もう一度、

「君は、浅野圭一だね？」

と、きいた。

「彼女がいない」

と、浅野が、叫ぶように、いった。

亀井が、白井美咲の等身大のフィギュアを持ってきて、浅野の横に坐らせると、
浅野は、ホッとした顔になって、

「ああ、彼女だ」

と、いって、笑った。

「浅野圭一だね？」

と、もう一度、十津川が、きいた。

「違う」

と、浅野が、いう。

「違う？　どう違うんだね？」

「浅野圭一は死んだ。東尋坊で身投げをして死んだんだ。警察が、発表したじゃないか。だから、俺は浅野圭一じゃない。別人だ」

と、浅野が、答える。

十津川は、一瞬、浅野圭一が、精神的な錯乱(さくらん)を起こしたのではないかと思ったが、そうは見えなかった。

ただ単に、十津川の言葉を、否定しているだけなのだ。そうすることによって、

自分が助かるとでも、思っているのだろうか？

そこで、十津川は、いったん、尋問を中止し、所持品から判明した、浅野が、現在住んでいる東京・中野の安アパートの部屋から、ジオラマを持ってこさせた。

「転車台のある風景」と題されたジオラマである。

四分の三くらいまでは、完成していた。あとほんのわずかな部分を、作り上げるために、浅野は、今日も、夜明けとともに、天竜二俣駅にやって来て、転車台を観察しようとしていたのだろう。

そのジオラマを机の上に置くと、急に、浅野圭一の表情が変わった。

それまでの無表情が、優しさに満ちた顔になり、

「これは、俺の作った、世界で一番、素晴らしいジオラマだ」

と、いった。

「そうだよ。これは、間違いなく、君が作った転車台のジオラマだよ。たしかに、よく出来ている」

と、十津川は、いい、続けて、

「これを作って応募しようとした、君の気持ちを話してほしい。どうして、この

ジオラマを作ろうと思ったのかね？」

「俺はね、鉄道模型とジオラマ作りの名人なんだ。誰にも負けない腕を、持っている、本当の名人なんだ。だから、このジオラマを作ったんだ」

「そうだよ。君は間違いなく、鉄道模型とジオラマ作りの名人だ」

十津川が誉めると、浅野圭一の表情には、一層、微笑が広がっていった。

そんな浅野圭一を見ながら、

「しかし、残念ながら、一人だけ、君よりもうまい名人がいた。中島英一という鉄道模型とジオラマ作りの名人だ。君よりも、はるかにうまい、現在の名人だ」

十津川が、わざと大げさに誉めると、浅野圭一は、目をむいた。

「中島英一？　あいつなら、もうとっくに死んだよ」

「中島英一は死んだんじゃない。君が殺したんだな？」

「ああ、そうだ。俺が殺した。あいつは、もう死んだ。だから、今は俺が、ジオラマ作りの一番の名人だ」

浅野圭一が、胸をそらした。

「ほかにも、君が名人だということを認めない人間がいたんだろう？　そこにあるフィギュアの女性、白井美咲だ。彼女も、君のうまさを認めなかったんだろう。そのこともあって、殺してしまったんだな？」

「ああ、そうだよ。俺が名人なんだ。だから、あいつを殺した。でも、まだ、ここに生きているエンジェルがいる」

そういって、浅野圭一は、またフィギュアを抱き寄せた。

6

浅野圭一は、殺人容疑で起訴された。容疑者が起訴されれば、事件は十津川たちの手を離れる。

中島英一の、白井美咲を想う、強い執念が、やっと、実ったことになる。バレンタインの日、会うことになっていた、白井美咲を守ってやれなかった、という自責の念を、ジオラマ作りに、傾けたことだろう。

「転車台のある風景」と題した、ジオラマが、コンテストで、優勝することによって、注目を浴び、白井美咲が、心臓発作で、病死したのではなく、何者かに殺された、というメッセージを、犯人に対しては、自分が囮(おとり)になることで、また、警察にも、その死に、不審を抱くよう、訴えたかったに、違いないのだ。

天国で、二人が、手をつなぎ、微笑んでくれているだろうか。

今度こそ、捜査本部は、本当に解散され、ヒマになった十津川は、亀井と二人、ジオラマワールド社が主催した、中島英一の次の名人を探し出すコンテストの会場に、応募してきたジオラマを見るために出かけていった。

解説

山前　譲

現実の風景を立体的な模型に作り上げたものをジオラマと呼ぶようだが、なかでも人気となっているのは鉄道をモチーフにしたものである。とりわけ実際に走る鉄道を配したものは愛好者が多く、自宅の一部屋を鉄道ジオラマに仕立てているのも珍しくはない。「ジオラマワールド社」が主催するジオラマのコンテストでも、中島英一の鉄道をモチーフにしたものが二年連続で優勝していた。

ところが今年のコンテストにはまだ応募がないのである。気になった「ジオラマワールド社」の社員が中島の部屋を訪ねてみると、ちゃんとコンテスト応募作品は完成されていた。しかしなぜか、作者の姿はない。作品のタイトルは「転車台のある風景」となっていた。これまでの優勝作品に比べると地味なテーマだったが、出来映えは申し分ないものだった。

そのジオラマが行方不明となり、作者の中島の他殺死体が多摩川の河原で発見されて、十津川班の捜査がはじまる。死体発見現場には燃やされたジオラマがあった。そのジオラマが殺人事件に関係している？　西村京太郎氏の『生死を分ける転車台　天竜浜名湖鉄道の殺意』はユニークな鉄路が謎解きへと誘っていく。

鉄道における転車台の代表的なものは、蒸気機関車のためのものである。運転をするところが片方にしかないので、始終点駅では方向転換する必要があった。もっとも簡単な方法は回転できる転車台だったのである。ただ、日本の鉄路から蒸気機関車が消えていくのに追随して、その転車台も減っていくのだった。

だが、完全に消え去ったわけではない。まだ利用されている転車台は日本各地にあるのだ。中島のジオラマは、今も残る天竜浜名湖鉄道の天竜二俣駅の転車台がモチーフなのではないか。そう知った十津川警部はすぐに捜査の足を延ばす。そしてその駅では、二か月前にある事件が起こっていた。

静岡県の掛川駅と新所原駅を結ぶ天竜浜名湖鉄道天竜浜名湖線、通称天浜線は一九四〇年、二俣線の名称で旧国鉄の路線として全線開通した。メインルートである東海道本線が敵軍の攻撃を受けたときのための、バイパスとして建設されたという。

全線非電化で蒸気機関車が活躍していたが、一九七一年にそれは全廃されてしまった。そして一九八七年、天浜線は第三セクター化されている。気動車がゆったりのんびり走るその路線は、日本の原風景に出会う旅ができる路線だとアピールし、今、観光客を呼び込んでいる。

『生死を分ける転車台　天竜浜名湖鉄道の殺意』は二〇一〇年九月にノン・ノベル（祥伝社）の一冊として刊行された。その際、以下の「著者のことば」が付されていた。

戦前、日本各地に、円形の転車台があったといわれる。車両をその上にのせて、方向を変えさせる設備である。今も、立派に動いている所があるというので、天竜浜名湖鉄道の天竜二俣駅に取材に出かけた。一九四〇年（昭和十五年）製造の転車台は、今も立派に生きて輝いていた。こんな時、いつも感動するのは、SL復活の時と同じように、名物の保安係のおやじさんがいることである。ここでも、おやじさんが、ニコニコ笑いながら、七十年たった転車台を、動かしてくれた。

なんだか楽しそうなので、天竜二俣駅を訪ねて「転車台&鉄道歴史館見学ツアー」に参加してみた（詳細は天竜浜名湖鉄道のホームページを参照のこと）。指定された時間に駅待合室で待ち、ハンドメガホンを手にした女性スタッフの案内で、普段は入ることのできない駅裏側の鉄道敷地へと進む。

かつて蒸気機関車に水を供給していた給水塔や、煤だらけになった機関士が身体の汚れを落としたという浴場などをチラチラ見たあと、目的の転車台に到着である。天浜線には掛川駅、金指駅、豊橋駅にも転車台があったそうだが、今残っているのはここだけとのことだ。一九九八年十二月に他の施設を含めて国登録有形文化財に登録されている。

その転車台に天竜二股駅のホームのほうから一両の気動車が入ってくる。その車両がゆっくりと方向を変える様子をしっかり目に焼き付けた。ただ、残念ながら「保安係のおやじさん」の姿は確認できなかったのだけれど。転車台の先には四車両分の扇形車庫があり、懐かしい車両が格納されていた。

そして次は鉄道歴史館の見学である。駅に掲示されていた時刻表やヘッドマークといった懐かしい資料がたくさん展示されていたが、なんと天竜二俣駅のジオラマも！　もちろん本書の事件とは関係ないのだけれど、じっと見入ってしまうのは仕方がないだろう。

そして駅舎へと戻ったのだが、平日にもかかわらずこのツアーの参加者がずいぶん多い。不思議に思ったものだが、なんでも天竜二俣駅が、二〇二一年三月に公開された人気アニメ映画『シン・エヴァンゲリオン劇場版』の重要な場面のモデルになったそうである。週末ともなれば多くのアニメファンがこの駅を訪れているようだ。

もっとも今回の旅のもうひとつの大きな目的は、十津川警部たちがこの駅を訪れたときにはまだなかったカレーである。天竜二俣駅にほど近いレストランで「天浜線転車台カレー」が供されているのだ。地元の三ヶ日(みっかび)牛を使ったカレーの真ん中に、ライスで形作られた天浜線の気動車が一両、鎮座ましましている。あまりにリアルなので食べるのがもったいない……いや、もちろん美味しくいただいた。

この長編、そしてやはり二〇一〇年に刊行された『銚子電鉄　六・四キロの追跡』を皮切りに、西村作品では個性的なローカル鉄道を舞台にした作品が増えている。

『十津川警部　鹿島臨海鉄道殺人ルート』（二〇一〇）、『出雲殺意の一畑電車』（二〇一二）、『十津川警部　秩父SL・三月二十七日の証言（アリバイ）』（二〇一二）、『十津川警部　絹の遺産と上信電鉄』（二〇一五）、『十津川警部　わが愛する犬吠の海』（二〇一六）、『琴電殺人事件』（二〇一七）、『わが愛する土佐くろしお鉄道』（二〇一七）、『西から来た死体　錦川鉄道殺人事件』（二〇一八）、『ストーブ列車殺人事件』（二〇一八）、『十津川警部　怒りと悲しみのしなの鉄道』（二〇一九）、『富山地方鉄道殺人事件』（二〇一九）といった長編である。

営業的には厳しい路線もあるようだが、沿線の風物にはそれぞれそそられるものがある。西村京太郎作品を旅の友にして乗車してみてはどうだろうか。

二〇二二年一月

この作品は2010年9月祥伝社より刊行されました。
なお、本作品はフィクションであり実在の個人・団体などとは一切関係がありません。

徳間文庫

生死(せいし)を分(わ)ける転車台(てんしゃだい)

天竜浜名湖鉄道の殺意

2022年2月15日 初刷

著者 西村京太郎（にしむらきょうたろう）
発行者 小宮英行
発行所 株式会社徳間書店
〒141−8202 東京都品川区上大崎三−一−一
目黒セントラルスクエア
電話 編集〇三(五四〇三)四三四九
販売〇四九(二九三)五五二一
振替 〇〇一四〇−〇−四四三九二
印刷 大日本印刷株式会社
製本 大日本印刷株式会社

ISBN978-4-19-894719-4 （乱丁、落丁本はお取りかえいたします）

徳間文庫の好評既刊

西村京太郎

十津川警部 追憶のミステリー・ルート

東京・阿佐ヶ谷のマンションで、エリート商社マンが殺害された。直前に食べたと思われる南紀白浜の温泉まんじゅうに青酸が混入されていたのだ。その数時間後、彼の婚約者のＣＡが南紀白浜空港のトイレで絞殺死体で発見された。そして彼女の自宅寝室には「死ね！」という赤いスプレーで書かれた文字が……。十津川警部は急遽白浜へ！　「十津川警部　白浜へ飛ぶ」等、傑作四篇を収録。